生活轻哲学书系
阿兰·德波顿 主编

THE SCHOOL OF LIFE

HOW TO AGE

就这样 迷人 地 变老

〔英〕安妮·卡芙 著 童文煦 译

上海文艺出版社

图书在版编目(CIP)数据

就这样迷人地变老/(英)安妮·卡芙著;童文煦译.—上海:上海文艺出版社,2016
("生活轻哲学"书系)
ISBN 978-7-5321-6202-4

Ⅰ.①就… Ⅱ.①安… ②童… Ⅲ.①随笔-作品集-英国-现代 Ⅳ.①I561.65

中国版本图书馆 CIP 数据核字(2016)第 266675 号

Anne Karpf
How to Age

Copyright © Anne Karpf, 2014
This edition arranged with Macmillan Publishers Limited.
Through Andrew Nurnberg Associates International Limited.
Simplified Chinese Copyright © Shanghai 99 Readers' Culture Co., Ltd., 2016
All rights reserved.

著作权合同登记号　图字:09-2016-266

责任编辑:秦　静
选题策划:张玉贞
装帧设计:赵　瑾

就这样迷人地变老
〔英〕安妮·卡芙　著
童文煦　译
上海文艺出版社出版、发行
地址:上海绍兴路74号
电子信箱:cslcm@public1.sta.net.cn
网址:www.slcm.com
新华书店经销　山东德州新华印务有限责任公司印刷
开本890×1240　1/32　印张6.75　字数100,000
2017年3月第1版　2017年3月第1次印刷
ISBN 978-7-5321-6202-4/I·4948　定价:30.00元

献给彼得

噢，上帝！保佑我生龙活虎地死去。

——唐纳德·温尼科特

目录

引言：迎接变老的第三种方式 /1

1. 什么是变老？ /15

2. 害怕变老 /33

3. 拥抱变老 /63

4. 年龄之间 /93

5. 变老与性别 /125

6. 关于死亡的短章 /151

7. 生命的拱门 /161

结　论 /181

作　业 /189

图片鸣谢 /194

附录：中英文名称对照 /196

Notes /204

引言:
迎接变老的第三种方式

吉娜在 30 岁生日的早上醒来,她的毛囊有效地提醒了她:第二根白发出现了。在办公室,两张生日贺卡已经站在自己的办公桌上了。第一张说:"没必要因为已经 30 岁了就自己折磨自己……生活会替你做到的!"第二张上没写字,只有那幅爱德华·蒙克的《呐喊》画作,上面加了一个大大的数字"30"。

吉娜的男友杰克比她幸运一些。在几个月前他 40 岁生日那天,他的好友送来的贺卡上写的是:"你 40 岁了?!好吧,你还算年轻,可以再蹦跶几年……但得抓紧!"他哥哥的贺卡上是:"生日快乐……振作起来!不久你就会喜欢 40 岁的感觉……比如十年后你 50 岁生日时!"

吉娜和杰克没有告诉他们的朋友和家人自己不喜欢这样的贺卡:因为他们知道那么做只会令事情

更糟:"你怎么没有幽默感?"或者"你这么开不起玩笑?"你不需要阅读弗洛伊德的《诙谐及其与无意识的关系》就能了解幽默感只是我们表达和控制焦虑的一种手段而已。(顺便说一句,如果你没读过那本书,不妨读一下——里面充满了很好的笑话。)

吉娜的父母也没给自己带来多少安慰。她56岁的母亲莎拉忙于自己的普拉提课程和胶原植入的进程中,抽空找出个周末也忙着往水疗中心跑;而她62岁的父亲克莱夫在听完《不老的一代》作者所作的公开课后准备去滑水旅行。

虽然吉娜的父母可能看上去驱散了一切关于变老的焦虑——像赶走他们额头皱纹的激光一样有效——但实际上吉娜、杰克与吉娜的父母都苦于这共同的烦恼:对老去的深深恐惧。

如果人口寿命调查的预言是准确的,吉娜和杰克很有可能活过100岁:这意味着他们将在未来极长的时间里继续担忧。而作为上世纪婴儿潮的成员,吉娜的父母相信自己已经战胜年老,她父亲坚持——同米克·贾格尔一样——自己的鱼尾纹其实只是笑纹而已。(他显然从没听到过作家兼音乐人乔治·迈利对贾格尔的回答:"这是我听过最好笑的笑话。")

　　这一家的两代人都不停地关注自己身体上出现的任何老去的迹象：吉娜的母亲发现自己远远胜过那个专门列出老态龙钟的明星的网站的人们，而吉娜则为了那个标志她不可阻挡地走向衰弱的生日的到来而不安。她的父母否认自己正走向衰老的事实，而他们的女儿则对此充满恐惧。

通往变老的第三条路

　　这种可怕的故事并不是吉娜一家人凭空想象出来的：它们有其深刻的历史和文化原因。即便在今天的西方文化中，也存在着第三种看待变老过程的方式。它首先质疑认定老年的统一标准——全球通用的老年标准：在 50 或 60 岁生日时，一个人自动成为老年世界的公民。当然，如果你是悲观主义者，还可以把这一天再提前十年或二十年。

　　把 40—、50—或 60—到 100 岁的人打上同样的标签该是多么可笑——不会比把从 0 到 40 岁的人归为一类好到哪里去。你或许会反驳说人生的前四十年充满变化。那我们就看到了对于变老过程中的第一个偏见，就是变化停滞；或者说，不是停滞，而是所有变化都朝向一个方向：向下。事实上，我们将要看到，变老的过程可以是积极丰富的，可以视为人生巨大发展的过程。或许这也是为什么在英语中称为"长老"（growing old）的原因吧。

而且，所有研究者都同意：当我们变老时，我们变得更多样化，而不是更同质化。年岁并不会抹去我们的个性和特点，相反，它反而强化它们。事实上，在相同年龄层中的个体之间差异往往远大于不同年龄层之间的差异：与一个居住于厄瓜多尔乡下、有八个孩子，并且还照顾着四个孙辈的 72 岁营养不良的黑人女性相比，一个居住于伦敦的 72 岁中产健康白人男性可能与一个居住于伦敦的 32 岁中产健康白人男性有更多共同点，而且两人都不会把自己的年龄作为自己最重要特性（收入、种族和社会地位在实际生活中远为重要）。

可能吉娜从来没有意识到这些，她认为只要自己拿了那老年免费乘车证以后，自己唯一剩下的标签就是"老人"了——自己所有其他个性、习性和个人历史都被那无法攻克和改变的**老年**这一标志硬壳所掩盖。而这个阴影在自己 30 岁的生活中就已经出现了。面对这一切谁能无动于衷呢？

引言：
迎接变老的第三种方式

如果说年龄对吉娜来说意味着一切，那么对于她母亲来说却意味着什么也不是。她母亲拒绝向自己的年龄作出任何让步，似乎仅仅是意识到自己正在变老这一想法就能不可思议地加速这一过程。因此她折磨自己，花费巨大的时间精力与变老作战，而她原本可以用这些时间精力换来一个更丰富的人生。

本书将呈献第三种对待变老的方式，与前两种相比，它更为积极和更具参与性。它将变老看作贯穿一生的进程，而不只限于生命的最后阶段，而且作为生命的内在组成部分，变老给我们提供了成长的机会。在沿着这条路出发之前，让我们先打破对于变老的禁忌，接受变老是不可避免的——如果我们足够幸运的话。长寿意味着幸运，不管是因为基因优异，还是因为生活富裕或者仅仅是运气好。伍迪·艾伦强调自己从来不反对变老，"因为没有人找到比这更好的方式来避免青年早逝了"。

这种对于变老的认可带着一些悲伤，因为伴随变老无可避免地带有损失，可能是身体机能的衰退（不可能有50岁的温布尔顿冠军，就是35岁基本上也与冠军无缘），还可能是亲友离世，甚至是面对自己的死亡。虽然这种伤感令人痛苦——你要忍受这种悲哀——但那种认为变老就是一路下滑的看法明显是个误导。

变老的好处

真的，当我们跳出那种对于变老的"负面"态度，就会发现其实自然比自己想象的更为均衡：最近的神经学研究表明，中年时的大脑——35到65岁甚至更久，比我们原先意识到的更具适应性。短期记忆可能会下降，但对于我们记得的东西，我们可以更好地在彼此之间形成连接。温斯顿·丘吉尔在66岁时当上首相，建筑师弗兰克·劳埃德·赖特80岁时设计了他的杰作——纽约古根海姆博物馆。

世界历史上充满了大器晚成的例子，不仅仅是那些到达破纪录水准的大师级人物，也包括那些找到培养新的能力和关系的普通人，他们了解只要自己一息尚存，就能继续成长，我们自身某些方面如精神领域的成长需要时间。对于我们中的许多人来说，这种成长是变老过程带给自己意料之外的奖励，而且在我们还很年轻时就能开始发展。为了写这本书，我拜访了各种年龄段的人。令人惊异的是几乎所有人都觉得年龄的增长扩展而不是缩小了自己的

引言:
迎接变老的第三种方式

/ 弗兰克·劳埃德·赖特在自己80岁时完成了其杰作纽约所罗门·R.古根海姆博物馆的设计。

生活。

　　如果我们允许，变老的过程提供给我们一个不停变换的全景，时间这一漫画大师一会隐藏，一会又展现这些场景。例如，我们从孩子变为成人并不是在突然的某一天完成的：与父母的关系以及想摆脱他们影响的挣扎不仅是二十来岁的主题，而且会在很久以后依然被感受到。英语里面没有一个专指成年孩子的常用词，就像我们在青春期之后就不存在父母—孩子关系的问题了，用一个矛盾修辞的"成年孩子"（adult children）一词概括了事。

　　虽然本书的标题是为了说明那种"最好的变老方式就是不变老"的看法不正确，但本书无法开出解决问题的良方。本书的理念源自我们需要从那种指导老年人或年轻人需要如何打扮、行为或生活的思想中解放出来。心理分析学家唐纳德·温尼科特认为创造性地生活需要保留一些自己的个性，那种非你莫属的特点。本书所鼓励并反映的针对变老的看法，并非对因年老而带来的一些缺陷和困难视而不见，而是更将老年看作年轻时自己的延续：我们在生命周期中保存了自己，只是年纪更大了一些。更重要的是，变老向我们提供了机会——作家引言：
迎接变老的第三种方式

梅·萨滕在她出色的日记《70岁》（该书从她70岁生日开始记述）中展现了如何成为完全的自己：更多而不是更少的个性。变老，在生命的各个时期，都可以积极充实。

如果吉娜能超越自己的恐惧，她会意识到这早已发生在自己身上：事实上，30岁的她比20岁时对生活更满意——她更了解自己，她的恋爱关系也更稳固。吉娜对于变老的恐惧来自于那种无形的、偷偷摸摸的恶意改变，这种恐惧让自己无法享受变老这一过程带给自己的好处。就像是两种不同的认知在起作用，让吉娜同时持有两种相反的态度：她害怕那些已经无害地发生了的事。她生机勃勃地变老，虽然同时她又对此充满恐惧。

温尼科特还说创造性地生活源于让自己吃惊。对事物感到惊讶、好奇和参与的能力并非年轻人的特权（其实我们也应该像避免用老年人这个词一样避免使用年轻人这一词——这样才能避免标签化），而这些特质还能随着我们年岁的增长变得更强烈。

迎接变老的自己

为了摆脱我们对变老的病态恐惧，我们必须先作一个重要的区分，那就是抗拒年龄主义（基于对年龄的偏见和歧视）和抗拒变老本身。前者可以打开一扇通往极大丰富我们生活的大门，让我们保持继续成长和发展的自由；而后者则关上了这扇门，让自己无休止地投入一个徒劳无功的不可能完成的任务之中。

我们也需要了解如作家玛格丽特·摩根罗斯·古力特所称的"文化老龄"。在西方社会里，我们倾向于从生物医学的角度思考变老，老龄似乎是一个生理状态。当然，我们是有形的生物，我们身体的状态让我们有可能从事某些活动并排除另一些。但同样，甚至更重要的塑造我们变老过程的因素是我们所生活其中的文化：包括它对变老过程的态度，以及对老龄的政策。对很多人来说，变老意味着变得更穷，因此导致他们无缘于生活中的愉悦和富足。随着我们对拥抱变老并视其为贯穿一生的过程这一第三种方式变老的讨论的深入，我们将意识到贫困并非变老过程所内在固有，而是来自于那些对老人和变老过程轻视和无动于衷的政策和实践。

在后面的这些章节里，我会介绍变老是贯穿一生的过程这一理念。人们应该庆祝变老这一过程并摆脱对其的恐惧，不要像吉娜和她父母那样陷入其中无法自拔。随后我将提供一些人们拥抱变老过程的生动例子，让大家思考如何从中获得借鉴。然后我会介绍针对变老态度的历史和文化变迁以及年龄—隔离是如何被克服的。我另用一章专门讨论我们对于变老的体验男女有别，以及最近针对男人变老自省问题的发展。随后一章用拉比扎尔曼·沙特·萨罗米的话来说，"死亡不是终极错误"。如果我们很早就将死亡纳入我们对生命的理解，反而可以减少我们对于变老的恐惧感。死亡成为了我在最后一章中所称的"生命拱门"的一部分，生命拱门可以将我们生活的经验连接成一串有意义的链条。

歌德曾说："年老突然降临在我们身上。"西蒙娜·德·波伏娃在她第一次站在镜子前时说："我已经40岁了。"她不相信歌德的说法。格劳瑞亚·斯坦纳姆说："当我有一天醒来，发现自己床上躺着的是一个70岁的老太太。"（有趣的是这句话的引用远不如她的另一句名言来得更有意味，那是对一个记者恭维她看上去不像40岁的回答："40岁看上去就应该是这样。"）对于变老过程的另一种夸张和抵赖的说法可参见老年人风趣的口头禅:"我觉得自己一点都不老……我觉得自己的内心只有18岁。"他们内心里还是18岁——8岁、28岁、38岁、48岁和58岁:那些以前的年龄并没有随着岁月流逝而被切除,而是被折叠起来收藏于他们的内心深处,就像树干中的年轮似的。如果我们能意识到,随着自己变老,我们不一定要放弃自己的爱好和热情、兴趣和感受,不论我们的身体会给自己带来多少限制,我们并不会融入那个被统称为老人、自己以前的一切都被抹去的同质人群。对生命的热情可以超越无法避免的体力虚弱和亲友离世——这一切,可以让变老变得不那么可怕。

跨世代反对年龄主义宣传组织美国银发豹友会(American Gray Panther)的发起者麦琪·库恩对吉娜告别自己二十来岁时的不快感同身受。在85岁时,她回忆起自己30岁生日是一生中感觉最糟的生日。

引言：
迎接变老的第三种方式

/ 85岁时的库恩觉得自己30岁生日是一生中所有生日里最糟糕的一个。

What is Age?

1. 什么是变老？

1. 什么是变老？

皱纹、功能鞋和老年痴呆症，以及类似的东西，是我们中的大多数关于变老的联想。但这些都带有误解，因为它们将变老与衰弱、疾病混为一谈。事实上我们从出生的那一刻起就开始变老：你可以说出生导致了变老——显然，没有出生，也就不可能变老。只要你理解变老是贯穿你整个生命周期的一部分——我们所有人，不管年龄几何，此时此刻都在经历着变老的过程——你就能以一个不同的视角看待变老，而不是我们一直保持年轻，直到有一天（25、30、40、50——任你选），我们忽然跨过一道门槛，进入"老年"。

后面那种观点在文化上已深入人心，难以轻易摆脱。尤其是年轻人想要赶快长大——他们将变老看成获得以前被禁止从事活动的自由。什么时候我才能十点上床？什么时候我才可以自己去参加音乐节？到18岁才能合法购买酒类的等待漫无尽头啊。当你年轻时，变老意味着你可以摆脱独裁的父母、自己做决定并对自己的人生拥有更多自主权。作为孩子的变老完全被看成是你的能力（走路、说话、写字和推理等）发展的途径，并被视作走向独立的必经之路而庆祝。以前是21岁，现在则是18岁，那个生日的主题是"终于等到这一天"！

然后，几乎是不知不觉地，对变老的看法改变了：对于我们中的大多数，大约在二十几岁的时候，期待与乐观中加入了一些焦虑甚至害怕，有时后者甚至盖过前者。那短暂的不用负责任的自由时光结束了，成年带来的要求如谋生压力进入视线。没有了长达六星期的暑假生活给了你当头一棒。人们用他们眼里的成人标准要求你，虽然你自己并不觉得自己已经成年，或者并不了解一个成年人所对应的感受。变老开始看上去像个不划算的买卖，让人从内心里开始抵制它。25岁时，一个人基本上可以随心所欲地做任何自己以前渴望做的事情，但面前的生活开始展现出它狰狞的面目。一个16岁的伦敦女学生阿莱夏告诉她的姨妈，自己在半夜醒来时常常担心当那天到来时自己该如何填写税表。

真的，很多年轻人认为25岁才应该是成人真正开始的年纪。这并不是完全随意的数字，到25岁时我们的大脑前叶才完全完成发育，对即时满足的渴望被认知上的成熟所修正，具备能力去容纳更广阔的思路和长期期待。25岁，就像24岁的蓓卡略带警示性地指出，是四分之一个世纪那么老。这是她准备戒烟的年纪，似乎在 25 岁生日早上她会突然意识到生命的短暂。或者在那天，她再也无法否认自己已然是个成年人。

我们的态度转变是如此彻底，就在十年、二十年间，我们从（在家庭内部和学校里）轻视年轻人转变为轻视老年人……

今天的变老

21 世纪中的变老极具迷惑性：今天的 34 岁可能仅仅在五十年前看起来就像 24 岁，44 岁看着像 34 岁，但你看上去年轻并不代表你实际上真正年轻。

从传统意义上来说，长大意味着离家：你必须离开成年人的保护，因为你自己已经成人。而现在，这个过程被大大延迟。我们赞赏某些年龄限制被放宽，我们中的大多数，并没有因达到最佳年龄而对那些行为产生压力，如结婚、买房、生子等等。

但学费、高失业率、高昂的购房或租房费用，这一切都意味着年轻一代在经济上对父母的依赖变得更长。"青年"原来是从童年向成年转换过程中短短的一段时间，如今却能延伸到30岁。父母给了孩子大笔资助，有些甚至开始期待投资回报，因此父母们也会觉得自己有权更多地参与孩子的决定——毕竟，是自己在付钱——虽然父母们不了解他们的孩子所面临的史无前例的社会现实，那些建议往往过时而无用。

（福特汽车除了不停地进行安全带提醒和燃油低位提醒之外，现在还有一个功能，即可以让父母事先设定自己孩子所能驾驶的最高限速。开这车就像父母坐在你身边一样！除了"离开我的生活"这一抱怨，现在的孩子又多了一句："离开我的车！"）。

现在处于二三十岁而又拒绝长大的人越来越多。这些成年孩童紧抓着自己的电子游戏和漫画书，拒绝改变。他们视长大为无趣。其中的原因可能不仅是住房按揭或养老金扣款，更多的是要学会为自己的花费承担责任、学会延迟享受而不是坚持"我现在就要"、学会不把自己一时的想法脱口而出，而且还要在想到自己的同时也想到别人。或许我们可以把成长看成是视角的变宽和变深。我们需要重新思考在不同年龄时变老的意义，而不仅仅看成年龄增长。

1. 什么是变老？

时光倒流？

即便是老顽童，如果让他重新来一遍十来岁的青春期，他估计也会拒绝。好吧，就是那些抱怨长大的人也会咕哝着说长大还是有些好处的，或许一直停在15岁并不真是怀旧的我们记忆里再塑的美好乐园。那是不是带着后来学到的知识和技能回到从前会更好呢？更年轻但更智慧——还有比这更普遍的幻想吗？或者更荒谬的幻想吗？就像要求你的孩子生下来就会走路，或者3岁时会背诵荷马的希腊语版《奥德赛》——虽然可以理解，但这还是一个孩子气的任性的要求，妄图忘却时间。

很多电影再造生命循环并重排时间：从汤姆·汉克斯在《飞越未来》中扮演的进入30岁成人身体的12岁男孩，到乔治·伯恩斯在《重返十八》中扮演的一个81岁的老人与自己18岁的孙子互换身体，再到依据司各特·菲茨杰拉德的短篇小说改编的电影《返老还童》里布拉德·皮特所扮演的主角生下来时像个老人而越活越年轻。

我们可以在这些流行文化的幻想中看到一整代人试图战

/ 电影《返老还童》重新排列了年龄的变化，
主角出生时老态龙钟，然后越活越年轻。

胜年龄的意义。他们的结局总是主人公悲伤地回到自己真实的年龄——当然会这样，因为我们在一个特定的历史阶段与自己同龄的人们一起变老（孤独的经验可以视作唯一的例外）。例如，在21世纪初变老与在20世纪40年代变老完全不同：在现在，看上去年轻是值得艳羡的独特状态；而在20世纪40年代，少年服饰和文化流行兴起之前，成人是年轻人羡慕的对象，青年们无不期待成年人带来的各种好处——从外观到声音。

这种文化上的变迁有很多原因，包括市场的变化。在20世纪60年代以前，你要么是孩子，要么是成人——处于几乎没有中间状态——这反映在当时的服饰与休闲娱乐上。但随着经济的发展及青春期的发明，出现了一种全新的不同年龄层次的消费群。到了今天，青春变得奢侈，成年人常常费尽心机地模仿自己的孩子。

当然，我们不可能回到过去。人类存在是短暂的，就像禅宗所说，存在不能脱离时间。我们在时间中生活：它既是我们个人的，也是我们一代人的，我们一出生便进入的时代。变老永远不只是生理上的，更是心理、心智、社会和文化上的过程——电影里那种简单的互换角色与责任远远没有反映出整个变老过程的丰富多彩。我们的身体发生了变化，但同时（除非我们严格强迫自己重复以前的每一步）我们也变得更成熟；所以变老实际上不是关于老，而是新。我们的大脑、心灵、社交能力——在有充足食物、爱、健康和鼓励的情形下——都会发展和成长。真的，就是游戏的能力（尤其是在小时候被抑制的情况下）也会随着年龄而成长。这难道不是一个应该值得庆祝的理由吗？

如果你喜欢玩换代游戏，不要想象自己带着现在的智力和成熟变得更年轻，试试另一个方向：年轻时的自己会如何看待如今的我？除非那些从小就被充满期待地培养，大多数人在玩了这个游戏之后的反应都是同样的"早知道"：当时早知道自己的生活会这么好就好了！

为变老自豪

父母们看着自己孩子成长时充满喜悦。我们是否可能以同样的心态看待自己——例如满足地看着自己克服生活中的种种磨难？这不是自恋：这是在最真实的世界中自我帮助。对于我

1. 什么是变老？

/ 20世纪60年代以前，你要么是孩子，要么是成人——没有中间过渡阶段。

们中的大多数，成长和成熟来之不易，所以可以将其作为幸福的来源——不要忽略它们。我们享受年长的自己，我们应该对时间让自己发展心怀感激。无论是10、20、30岁，还是40岁，变老都是有价值的，或者说可以变得有价值。相反，那些整天声称上学的日子才是一生中最好时光而一直害怕年轻人的人，或一直沉迷在自己上学时的快乐时光里的人，反映出来的只是他们无法改变和适应自己的生活，而不是变老本身的悲哀。

确实，不同的人最快乐的时刻发生在他们人生的不同阶段，但老在年轻人面前摇着指头、语带责备地说自己从来没有这么嗨过的人又是什么心态呢？这也包括以轻率的口吻说自己总在"30岁分界线的错误一边"的人。同样的成见也发生在问比自己年长的人"你那个年代"如何如何的年轻人身上。来自曼彻斯特的63岁女教师露西委婉地提醒问了她这个问题的儿子："事实上，今天就是我的年代，明天也是。"

没有一个"更好地变老"的模板。或许它可以起到安慰作用，但事实的确如此：与某些高寿的人相比，有些过早去世的人在自己短暂的一生中反而投入了更多活力。同样，我们每个人都以自己独特的方式成长和发展：年轻人可以睿智，老年人也会白痴；反过来也有可能，大多数人则经常在两者之间摇摆——周期只在一个星期、一天甚至一个小时之内。生活每时每刻都在起起落落，但对年龄的成见限制了它，让我们像干花般枯死。例如，那种认为年轻人永远是不知疲倦的行乐主义者，不停地追求下一个给自己带来极乐的刺激、痴迷于社交网络的观点，显然没有反映出与那些通常更玩世不恭的年长者相比，年轻人更致力于理解人生的意义和追求。这些问题常常被当作少不更事者的杞人忧天而被忽略或嘲笑，但在现实中，这些问题正是那些思想深邃而敏感的人们终其一生都在思考的。

培育最重要的

我们不妨把自己想成红酒鉴赏家，不断收藏一瓶瓶红酒，想着岁月的流逝将让美酒更醇，这会令变老的过程更易接受：我们也可以尝试用岁月来发酵我们的品质，让人生更为丰富和醇厚。对于不同的人，具体品质各不相同，但对大多数人来说，要点在于找到自己人生意义的来源——在工作中寻找，在情感关系中挖掘，从兴趣爱好中培养，或从为社会做点贡献中获取；逐渐认识自己；真诚对待他人；培养爱的能力——无论是人自身思想，还是经验。这些都是一生中不断培养和依靠的内心资源。如果我们考虑整个一生，如我在后面"生命的拱门"一章中所建议的，虽然听上去令人害怕，但我们更容易找到完成整个人生旅程所需要的资源，开始了解要如何培育它们。

所有这些听上去很严肃，好像时间带走了一切轻松和趣味——怪不得人们试图在年轻时抓紧享乐。但开怀大笑的能力，如同其他情感工具，也需熟能生巧，而且发现一个人在离开乐呵呵的孩童时代多年以后仍能笑得前仰后合，实在是件赏心乐事。

向变老前进

如果能细细品味变老会怎么样呢？或者说，如何在25岁以后，还能说"我希望快些长大，我希望成为老人"？真心诚意地期待变老，而不是忍受它？那些愤世嫉俗的人会向你推荐伏尔泰的短篇小说《老实人》，书中的教师邦葛罗斯的口头禅就是："一切往好了想。"虽然伏尔泰嘲讽的是过度乐观的愚蠢，但他并不称颂悲观主义，而是作出了我们必须"精耕细作自己的花园"这一结论。我所提倡的也是现实的乐观主义。如果我们不想当然地期待一个很长的生命，或许理解这种看法会变得容易。想想吧，世界上大多数人并不长寿，尤其是发展中国家的人们，在那里成为老人是一种福分。在我们这个通常把老年作为负担的文化中意识到老年也是一种特权比较困难，但你要记得广泛的长寿只是相对不久以前才有限地得以实现。

只有那些轻装上路的人才能以更好的方式变老，他们若发现在生活的某个阶段有用并坚信的想法在另一个时期不再适用时，能随时抛弃那些成见。我们需要一定程度的精神灵活性。但这种对于自助的祈求肯定知易行难。放弃自己的习惯非常痛苦：它需要为从未发生过的事和已经发生了的事默哀，还要承认自己的失败、头脑发热和不聪明的决策。最令人难以轻松面对的是，它要求我们承认生活在自己的控制之外。

弗洛伊德对下面两个概念进行了重要的区分："见诸行动"（acting out）。创伤的强迫性再现；"修通"（working through），即一个人记得创伤事件、损失或痛苦，但与它达成和平协议，允许它们变形从而重塑生命力。有时候我们需要专家的帮助来完成这一步。但它是变老过程中无比重要的一个方面，因为这是我们穿越生命旅程时卸下多余包袱的重要方式。

如果我们用"成长"一词替代变老，生命周期看起来就完全不一样了。"变老"这个词被轻视与恐惧所污染，让人们避之不及。但更好的态度是重新认识它，为它消毒并将其与整个生命周期相结合，而不是仅在生命的后期使用它。因为活着就是变老，变老就是活着。抗（反）衰老（那么多产品自豪地宣称自己有此能力）相当于抗（反）生命。拥抱变老让我们同时拥抱生命本身，包括它的痛苦、快乐和艰难。我们可以培育我们对自己成长的尊重，发展以愉快和现实的心态迎接我们自己变老这一事实的能力，而不需要借助对自己年轻前身的理想化或否定来帮助我们应对变老，这样我们就获得了一种能服务我们一生的重要能力。

下一章将描写现代社会盛行的年龄主义，所以我们说讨论变老这一过程从未如此令人激动，会让人觉得言过其实。

1. 什么是变老？

有一个很大的基金会称自己为"变老新潮"，因为对老龄化的体验的讨论越来越引起公众的注意和挑战，这是个相当不错的名字——无论从群体还是从个人来说，一种新的老龄化运动的可能性正在到来。后面几页将举一些创造性变老的例子。未必需要创造性行动，而是利用想象力和适应性来应对变老，即便经历失望和挫折，也要寻找各种方式热情洋溢地经历生命的不同阶段。

热情洋溢地变老——一句不错的格言。

Fear of Ageing

2. 害怕变老

2. 害怕变老

> 50 岁没什么可悲的，除非你想停在 25 岁。
>
> ——《日落大道》(1950 年)

2013 年，一位 42 岁的美国女演员起诉一家网站泄露了自己的年龄。"如果被认为'过了巅峰'，即接近 40 岁，对于正处于上升期的女演员将几乎不可能……获得新的角色。"她的诉状如此声称，"因为她会被认为'上升空间'不大。"

两年前，一位加利福尼亚州的女子承认，为了帮助自己 8 岁的女儿——选美比赛选手——除去微笑时脸上出现的"皱纹"，她替女儿注射了肉毒素。她的女儿说："我每晚都检查皱纹；如果我看到皱纹出现，我就注射更多。一开始很痛，不过现在我已经不再为此痛哭了。"她的母亲备受指责——找出一个让大家一起痛恨的人很令人满意，但她所做的不过是将一种文化趋势推到了极端而已。从什么时候开始给自己或孩子注射肉毒素可以被接受呢？20 岁刚出头就开始为看上去衰老而担心在当下显然是见多不怪的。

下面几页将展示变老在公众视线中的表现。你会看到一提到这个话题，不管是大众流行文化还是政治讨论，人们立

/ 一个并不比她们大多少的选美比赛8岁选手说:"我每晚查看自己的皱纹,如果我看到有皱纹出现,就多打一下皮下注射。"

2. 害怕变老

刻专注于老年人，似乎变老只是我们人生最后十年的事。这种观点在下面的例子中被一再证实，虽然这只是对贯穿一生的变老过程的浅薄认知。我举这些例子并不是为了让你沮丧，除非你在过去的几个十年一直住在外星球，你不该对此感到意外。为了换一种方式体验变老这个过程，我们需要为变老另建一个模型：那个模型应意识到变老这一过程开始于出生，从未停止并一直具有丰富我们生活的潜力。

但我们还必须学习认出日益严重的对老人过度关爱——一种对老人及年老无理性的害怕——这种病症令我们把老龄视作理所当然，以此来不停地与变老斗争。

银发外星人

那些诋毁老龄的人似乎有着最有力的武器：人口调查数据。到 2050 年，世界上将有百分之二十的人超过 65 岁。到 2030 年英国超过 65 岁人口数将比现在增加百分之五十，而超过 85 岁人口将比现在增加一倍。

西方社会显然正经历着前所未有的年龄结构变化，将人口分布金字塔翻了个个儿：历史上第一次——出生率降低和寿命延长共同作用的结果——出现65岁以上人数超过了16岁以下的状况。到2034年，预期"养老比例"（每个退休老人所对应的工作人数）将从1971年时的3.6下跌到2.8。

但这些数字并不仅仅是作为人口分布事实而公布的：它们还被用来煽动恐惧。口吻像是预示悲剧似的：一个"年龄地震"、"人口定时炸弹"，甚至"银发海啸"（还有别的灾难比喻可供选择）。我们不再面临火星人入侵地球的危险，取代他们的是老年人——几乎永远都被描绘成一个巨大的社会问题和资源的浪费，而不是把老人看作社会资源本身。

然而，独立思想库Demos指出，关于寿命增加会带来经济问题的争论这一基本假设就有问题，焦点在于经济上到底谁依赖谁。在现实生活中，越来越多的"已达工作年龄"的人士处于失业状态，同时越来越多的超过领取退休金法定年龄的人依然在工作，所以你不能一刀切地将年龄与经济活动相关联。

至于照顾和支持，年龄主义者的假设更不准确。老年人在获得照顾的同时也同样能照顾他人，而付出的并不比得到的少：那些75岁以上的老人比年轻人贡献更多的时间照顾别

2. 害怕变老

人，通常是他们的伴侣——更不用提那些非正式却又无比重要的对孙辈孩子的看护。这也算"经济上不活跃"吗？

当然，老龄化社会会带来一些困境，尤其是妇女，通常是她们花时间照顾家中的老人。这无疑会带来额外的花费和需求，虽然经济学家费尔·穆兰在他的《假想的定时炸弹》一书中系统性地驳斥了关于老龄化意味着工业社会无法承受的负担这一观点。他认为关于老年人经济成本的争论被刻意夸大了，部分原因是政府将自己对他们的经济负担转移到了私有领域以及老人身上。

将老年视为"负担"的主意并不新鲜：安东尼·特罗洛普在他那本写于1881年的反乌托邦小说《固定期》中就讽刺过了。书中假想了一个前英国殖民地布里塔努拉，1980年，该国总统和议会为解决那些"无益而又痛苦地活着的人们"——即老年人——所带来的巨大负担这一问题找到了一个全新的方法。当其国民年满67岁时（有趣的是这本书出版时特罗洛普正是67岁），固定期的生活要求他们自己执行安乐死。单单第一个（不幸的是，此人当时还充满活力）候选人接近这一关键时刻时，他求生的愿望、他家人和邻居对该政策的厌恶导致了一场重大的社会危机，最后在英国人的干预下这一危机才结束。

负担模型更奇怪的地方在于，其鼓吹者正是那些自己也会加入这一巨大老年人大军的将老之人。这些宣传者——大多数是年轻的成人或中年人——描绘出一幅老年人入侵并花光公众积蓄的可怕景象，而实际上形容的却是他们自己的样子。

但"他们"从来不会变成"我们"：就好像他们在面对自己变老的恐惧时把自己替代成大众。或者他们认为现在的老年大军将亲切地待在那里，永远占据着现在的位置，因此现在30岁或50岁的人将不会变成他们：今天的老人们明天依然是老人。这样他们就将自己永远地诅咒成幼稚状态。他们没有意识到自己所创造的憎恨终有一天要落在他们自己头上——我们自己头上。

真的，研究衰老过程的老年医学家对年龄主义的这个独特特征迷惑不解：这是对我们未来的自己的歧视。在这个方面，它不同于所有其他偏见或歧视，如性别歧视或种族歧视。我们将看到，这种歧视的燃料来自于我们拒绝承认自己也将变老——用心底深处不认同老人的方式。或者说，我们所有人，每时每刻，都已经变老了。

无助的老年

我们只有停止对老年人的模式漫画，才能给变老解毒，也才能认识到自己正经历的变老过程。例如，老年人几乎永远被描写为孤独的人，有很多对于老年孤独的出色描写，但都是发生在小说里的。诺拉·霍尔特1944年的著名小说《无窗之处》中的妇女克莱尔·邓普意识到老年痴呆正向自己逼近："当一个人没有其他朋友时，就和桌椅交朋友。我说：'好吧，至少你这么多年来一直和我待在一起。'"还有伊丽莎白·泰勒在发表于1971年那极具智慧的小说《老人院的帕妃女士》中写道："她知道，随着自己变老，自己越来越频繁地看表，而时间总比自己感觉到的要早。在自己年轻时候，则总是晚。"

这些小说探索人生经历的这一重要方面当然是有益的。谁又能责怪那些好心人为减少"老人"在圣诞节所感受到的孤独而作的宣传努力呢？但老年人的丰富多彩、各不相同，在我们大众文化中却没有得到相应的反映，这就造成前述宣传无意中让我们透过棱镜片面只看到他们被放大的脆弱。将近有五分之一的老人是孤独的,那其余五分之四的老人应该不孤独。当然,我们不应该对老年人的孤独视而不见,但如此不停地聚焦于此,会让人误认为孤独是老年无法避免的本质性特征,因此吓坏那些年轻人也就不难想象了。

不是所有独自生活的老人都觉得孤独,同样也有很多独自生活的年轻人会感到孤独。事实上在这个年代,年轻人被认为每时每刻都在看朋友圈或聚会,或许年轻人受孤独病症的困扰甚于老人。但在可以预见的将来不会看到针对解决年轻人孤独问题的宣传……

虚弱是固定在老人身上的又一图像。2012年12月,一位90岁的老太太被从自己在萨默塞特洪水围困的家中救出。大多数报纸和电视台在报道中都从"一个年老无助的受害者"这一角度入手。实际上,是她自己坚持要待在家中的一楼,等待洪水退去,直到断电后她无法取暖,也无法给自己烧茶。这并不是受害者的故事,而是自强、自立和坚忍的故事。

大众文化依然无法找到合适的语言来形容老年的这个方面。莎士比亚笔下的李尔王,因其力量的丧失而大怒,到了

2. 害怕变老

/ 谁会责怪那些出于好心的慈善机构开展宣传减少"老年人"圣诞节的孤寂呢?
但这些宣传不可避免地让我们对老人产生"无力衰弱"的模式化印象。

/ 葛洛莉娅·斯旺森在电影《日落大道》中：她饰演的过气影星诺玛·德斯蒙对好莱坞和有声电影大发雷霆。

现代社会，这种情绪被变形为葛洛丽亚·斯旺森在电影《日落大道》中饰演的过气影星诺玛·德斯蒙对好莱坞和有声电影大发雷霆："都是垃圾，荣光不再。"

毫无是处的身体

艺术家也发现要现实地表现老去的身体并展现其可爱和可敬之处非常困难。许多文艺复兴时期和巴洛克时期的艺术家将老年的身体表现为时间的"丑陋废墟"，但你在伦勃朗的老人肖像中却看不到悲哀或轻视，只有高贵，在数个世纪之后依然能引起观看者的感动共鸣。阿尔布莱特·丢勒在1514年画的自己63岁母亲的素描，画像中他母亲的脸上布满沧桑和皱纹，虽生育了十八个孩子，但依然带着一种庄严华贵。

卢西恩·弗洛伊德把自己年老的身体画得很美——在自己的注视下它依然强壮，肌肉充盈。但看看他那些无所畏惧的关于自己老朋友、家人和模特的脸部肖像：不带感情，是的，也冷酷不带感情——就像是对衰老的医学检查。

在那些不那么出色的艺术家手里，这就变成像社会学家迈克·费瑟斯通所称的"老人色情"，一种让人恶心的奢华。

你会在一些作家身上发现类似的气质，尤其是女性作家，她们正对自己的衰老耿耿于怀，通过幽默地审视自己身体的变化来排解。这种反女性身体的老前辈包括诺拉·依弗朗。她在《我的脖子令我很不爽》中写道：

哦头颈，鸡脖子、火鸡脖子、大象脖子、树皮般的脖子和充满皱纹正要变成树皮般的脖子、瘦得皮包骨的脖子和胖脖子、松弛的脖子、起皮的脖子、一圈圈的脖子、皱纹密布的脖子、一条条的脖子、肌肉下垂的脖子、布满斑点的脖子……你只能锯开红树才能看到它有多老，但对脖子你不必如此。

在这个怪诞的画廊里，读者只能认出不同种类的动物。或只认得出树。

年龄就是一切

在当今社会中，变老的一个问题是所有的东西都被变老这一棱镜给放大了。美国心理学家艾丽莎·梅拉麦德在其

2. 害怕变老

/ 阿尔布莱特·丢勒给他63岁的母亲所作画像,虽然她的脸上布满沧桑,却依然显出一种庄严。

三十年前出版的名著《镜子，镜子：青春不再的恐惧》中描写了一位70岁的老太太，她去看医生，诉说自己右膝疼痛。"你已经70岁了，你还指望怎样呢？"医生问道。"但我的左膝也70岁了啊，它却好好的呢。"老太太回答。老年人很少被推荐去做心理治疗（并不仅仅是因为弗洛伊德那已经被后世所推翻的观点，即老年人的心理程序弹性不够，不适用于心理分析），而是抑郁症也被视为老年人另一个无法避免的特征。

老年人的代表象征总是与体弱多病有关——洗澡座椅、楼梯升降台和助行架等等。关于老年人的路标是一个弯着腰的妇人和挂着拐的男人（Age UK 这一组织早在五年前就对此提出批评，现在总算不用了）。在"生命的拱门"一章中我会谈到，现在我们需要去除这种老人需要依靠他人的烙印，首先我们应该从代表老年人形象的标志中去除这些，包括拖鞋、假牙和助听器等等。不是说这些东西本身不好，（相反，我们应该宣传假牙和助听器！）而是这些东西被泛化形容所有的老人，塑造了老人不是能够做什么、而是不能做什么的模式化形象。

2. 害怕变老

电影院更是问题所在，如果你在电影里饰演老人，你肯定是悲惨的，要么耳聋，要么得了抑郁症（与那些蹩脚的台词联系起来，你不得抑郁症也难）。要不你就是巫婆、干瘪老太婆或守财奴。要么是魔鬼，要么是弱者——你选吧。

最具杀伤力的老年人模式化形象可能要算——有资格参赛的可不少哦，竞争激烈——"第二次童年"。按照人类学家珍妮·豪凯和艾莉森·詹姆士的说法，"老年人被变形为比喻中的孩子"。

莎士比亚的《皆大欢喜》中杰奎的"七种年纪"的演说或许有些责任：

终结着这段古怪的多事的历史的最后一场，
是孩提时代的再现，全然的遗忘，
没有牙齿，没有眼睛，没有口味，没有一切。

如果我们想要为自己的变老解毒，不妨从这里开始。那种关于老年是童年的镜像的观点，那种认为将自己曾经学会的技能一点一点还回去——那种"后进先出"——的想法是对于衰老恶意描述的典范，以这种方式擦去一个人整个一生的经历。

有一种人，无论多老，都能逃过这种命运。他们不会被归为那种无一例外的一类："养老金领取者"；但是，你无法主动选择加入他们：他们是老去的名人。名气作为决定一切的标签看来是可以打败年龄的。不管你是女王、保罗·麦卡特尼、大卫·霍克尼、奥普拉·温弗瑞、希拉里·克林顿，还是玛娅·安杰洛，你的名气总是会让你暴露在媒体的仔细检查之下，尤其是你还是个女性，但回报是你不会被看成或被称为老人：这就是文化力量给你的礼物。

否认年龄

从我们上次见到他们之后，吉娜的父母一直很忙。她母亲莎拉奔波于她的皮下填充注射诊所和个人教练之间。吉娜的父亲克莱夫则忙于成立一个公司组织"银发间隔年"，同时开始服用他的美国医生朋友信誓旦旦地保证可以除去岁月痕迹而开给他的生长激素。俩人都是婴儿潮成员，一个56岁，另一个62岁，他们相信自己和自己的同龄人已经重新定义了年龄，可以通过思考、补充和锻炼将老年拒之门外，或至少延缓它。莎拉和克莱夫都没意识到自己是"第三年龄"的典型。

"第三年龄"发源于1970年的法国，通过彼得·拉斯莱特1989年的介绍在英国开始流行。此阶段处于第二年龄——成人时代和依赖他人和多病的第四年龄之间。拉斯莱特认为，一旦孩子长大成人，他对有偿工作的强烈需求也随之结束，健康、积极和受过教育的人们需要更好地运用自己的能力，而不是让自己的一生陷于平庸。

第四年龄

在许多方面，拉斯莱特颇具先见之明。例如，他帮助建立了第三年龄大学。但他的这个观点有很大的失误。其"第三年龄"的想法——一个对健康而有钱的人来说充满个人探索和成长的时期——需要其后跟随着一个"第四年龄"期，其中满是不幸的老人、贫穷或失去健康的中年人，因为他们已经无法将滑雪缆车票换成楼梯升降台。为了让我们的50岁、60岁、70岁和八十来岁的前半期被认为是"不老"，那些八十多岁后半期的和九十多岁的人（以及那些老得不够"好"的人）必须承认自己"完全老龄"了。

对于很老的人来说，拉斯莱特的《生命的全新地图》一书并不怎么新鲜。如果在第三年龄是充实的，那么到了第四年龄只能用衰退来形容了——或者是"依赖与衰老"，如他颇具技巧的描述——拉斯莱特在第四年龄中所看到的唯一角色就是完全退出生活。在这个方面他可能也算先驱，因为他对于"老年中的老年"的态度如今已广为流行，第四年龄也被视为死亡的前厅，其入口挤满了想要逃避死神拥抱的第三年龄者。

莎拉，吞下葡萄糖胺进行每日数独游戏来保持自己关节和头脑的活力，全身心地投入"成功变老"的概念中去。她和她的朋友们相信通过毅力和选择就能实现这一目标——要想成为"新时代的老人"，你所付出的并不仅仅是健身房会费：你还需要一直保持警觉，一直自我审视。（如果你是女性，特别记得不要"自我放弃"——似乎你的自我是自己青春的一个部分，会擅离职守。）

不需要多难就能看出这种想法有多危险。我们创造了新的模式化形象——一个运动的、健康的、富裕的"新老年",同时妖魔化了行动不便、疾病缠身、贫穷的"老老年"。似乎衰老只降临于那些无力、无钱或没有才智应对的人身上。那些无耻地投降于年龄的人罪有应得——"不成功地老去",因为身处第三年龄的莎拉和克莱夫自我说服,如果有足够的纪律和自控,身体总是可以被升华的。但事实并非如此。

这可能就是迈克尔·哈内克的获奖电影《爱》让观众吃惊的原因:他表现了一个优雅的、受过良好教育、富裕的知识分子夫妇的生活会因为女主人公的一次中风就彻底崩溃。对于这种情况,多少葡萄糖胺和数独游戏都不管用。

事实是我们每一个人最后都会进入暮年,或者温柔,或者激烈——否认这点无异于白日做梦。当然,尽情涂上乳液、积极锻炼——保持运动能力和照顾好自己很重要。但那些能让岁月倒流的秘方和长生不老药能担保青春永驻?它们在假装去除岁月痕迹的同时,再次为我们打上了年老的烙印。杂志里的文章告诉你"如何在50岁时看起来青春靓丽",或吹捧"奶奶美人",它们鼓励你应对老人歧视的办法不是正面挑战,而是试图让自己看上去不那么老。

这只是憎恶老人的最新的一种表现。我们（几乎）都是道林·格雷，要求第四年龄的人代替我们变老，他们同意做老人，以便其他人不用这样。

莎拉和克莱夫并不笨。在他们补充了鱼油的内心深处知道，就像一些在民权运动之前的黑人知道"假装"白人是不可能的，他们的"假装"年轻也只是徒劳。但克莱夫的辩解是，他需要面对现实，如同史蒂夫·马丁在电影《包芬格计划》中的台词："雇主可以闻出你已经50岁了。"

莎拉和克莱夫还知道所有这些抗衰老的手段对于他们63岁的西班牙裔清洁工多洛丝来说，根本负担不起，她独自一人带着四个孩子，看上去像他们的祖母那么老，她所进行的最接近于有氧锻炼的抗衰老活动就是替他们家楼梯吸尘。

恐惧带来利润

莎拉或许被雅诗兰黛的"完美夜间修护系列"所吸引，但她不喜欢其名字所暗含的年老意味着某种破坏的意思，她也不喜欢这种乳液自称"年老肌肤修复者"，似乎变老是自然的一个失误。她用的乳液名字是"时间延缓"，当然她知道这是不可能的。莎拉意识到自己从来没有见过一款产品或服务标记为"proage",她也不知道 pro-age 真正代表什么意思。

这一点都不令人惊讶,因为婴儿潮人们对变老的恐惧被证明可以带来滚滚财源——2015 年全球抗衰老市场估值为超过 2900 亿美元(1800 亿英镑)。第三年龄的人们忙于消费——产品、手术和休闲活动。有谁想吃抗衰老巧克力?或者某种"依据科学制造的能让你看上去和感觉上更年轻"的"功能食物"胶囊?

虽然吉娜刚刚 30 岁,她自己的自我监视早已开始。事实上护肤乳液的市场目标不仅包括已经有了看得见的皱纹,还包括"程序设定的,在未来将要出现的"皱纹。在这个成分表中,无皱纹不存在:你最好的情况也不过是处于皱纹前期。再生乳液之类的目标是 30 岁的女性,虽然我们都知道她们脸上根本就没有皱纹需要消除。

还有一个原因说明为什么跟吉娜同龄的女性会为这些产品做广告:因为她们就是广告的针对用户——焦虑的 30 岁女性。一个 2002 年的调查发现对变老的焦虑不仅发生于 35 到 49 岁,而是延伸到了二十多岁。

特别是美容业，它早就发现如果细分市场，针对不同年龄，如20、30、40和50岁（超过50它就不管了）出售不同版本的产品，销售额就会增加很多。对于年龄的焦虑现在开始得越来越早，25岁的凯莉说几乎所有她的朋友，除了自己，都已打过肉毒杆菌毒素。美国灰豹运动的创始人麦琪·库恩在1978年告诉我暮年态度改变的标志是"你把自己变老看作是一种赞扬"之时。现在看来，那一天似乎变得更遥远了。

他们与我们

如《结束变老》的作者奥布里·德·格雷所说的，假如能让人们返老还童的再生技术在我们的有生之年出现突破，会怎样呢？我们中有人会对这机会视而不见吗？如果能够打破时间的桎梏而将自己看作永不变老的"永生人"或"青春永驻"，有什么不好吗？

是的，如果这种自大依然包含对老人的轻视，那它就是另一种版本的年龄歧视。终有一天它也会来伤害你，如果你的身体违背了你的努力，"出卖"了自己的年龄。"赶快使用，过时不候"听上去很好，但它忽略了你使用了以后依然无用的可能。

无论如何，变老不只是一种"精神状态"，虽然各种标语这么说——它是生活的一个重要维度。"你不仅与你自己感觉到的一样老，"社会学家莫莉·安德鲁在她的短文中精彩地阐述，"忽略年龄极具诱惑性"，"你也和你的实际年龄一样老。"她认为那种无视年龄的观点抹去了我们的经验，夺走了我们的历史，除了对青春的模仿，让我们一无所有。

在这样一个憎恶老年人的社会中，莎拉和克莱夫想方设法将自己与那些陷于洞中的老年"他们"保持距离，又有谁可以责怪他们呢？老年成为了一个深深的烙印，因此我们中的大多数尽可能地不让自己得到这样的标记。想想吧：在我们的文化里，"感受年龄"指的是感觉病痛和缺乏活力。想象一下，其实它也应该包含智慧和经验。

莎拉与克莱夫属于那种"例外者"趋势：别人会变老，他们承认，但自己不会。如同社会学家莎拉·马修所指出的，你用一种定义描述其他老年人，用另一种描述你自己。多深的隔离啊！它使你无法体会其他老年人与你的共同点。所以一个61岁的妇女在回答一个名为大规模民众观察的调查问卷时说："如果我走进一个房间发现周围的人都有着花白的头发，我会觉得自己在一个老年人的聚会中——有那么一刻，我刻板地想着周围的老人，忘了自己也是其中一员。"这种歧视不是针对自己的未来，而是自己的现在。

年龄主义的影响

我们在这里列举的歧视所造成的影响比我们意识到的更深远。社会心理学家艾伦·兰格和流行病学家贝卡·莱维在他们针对年轻及老年中国和美国人记忆之间比较的研究中发现，中国的老人与美国老人相比，较少受到年龄主义影响，其记忆测试结果与中国的年轻人差不多。而在美国人之间，老人与年轻人的记忆测试结果有显著不同。所以那种我们相信自己能力正在下降的信念是会自我实现的，因为我们的文化指导我们老年应该是什么样子。

事实上，莱维的结论还不止于此，她声称这种模式化思考实际上还能影响我们的生存。她2002年的研究结论是，对于年老带有正面感受的老人比带负面感受的老人平均多活七年半。

另一方面，通过相信中年可以无限延伸，我们自己骗自己得到一个幸福老年的可能。一项 1996 年在美国进行的调查，询问 50 岁的人们觉得什么时候是老年的开始，他们给出的回答的平均数是 79.5 岁——当时美国人的平均寿命才 76.1 岁！看来他们真的希望自己在还没老的时候就离开人世。

第三种方式

本书讲的是如何变老，而不是如何不变老。但我们还是要从这里开始，因为接受老年的第一步是找出并确认那些影响我们接受老年的社会思潮，那些想法意图阻止我们与变老过程发生任何联系。我们只有思考并驳斥了那些流行于世的关于老年的迷思才能真正懂得我们自身变老的经验对自己的独特之处：你不用牺牲自己的个性去换取一张免费公交卡。我们也能开始体会到生活乐趣会随着年岁增加而加深，与 26 岁时相比，你发现自己 36 岁时会更快乐。

还有一种应对变老的方法，但它需要更大的改变：每次我们看到一个老人，我们需要将他们想象成未来的我们自己，不要被他们的皱纹和衰弱吓退，而是欣赏他们的坚强。我们需要重新赋予老人以人性，承认他们同样丰富的内心世界以及我们认为存在于年轻人和我们自身之间的热情和复杂的人际关系。

偏见带来粗暴：那些照顾老人的人们，不管照顾的是亲属还是住在养老院里的人，在经历多年的老年模式化和非人化影响后，都更可能在照顾时更粗心或粗暴，如果我们接受自己某一天也会变老的想法，我们或许会更主动要求提高那些以后可能会照顾我们的人的工资。

以这种方式看待变老会带来巨大的好处。在另一项研究中，莱维和她的同事让老人们观看计算机游戏，并在游戏中以快速而不被察觉的方式播放关于老年或变老过程正面或负面的信息，并以录像记录老人们在观看前后的表现。结果是，那些观看带有正面信息的老人走路比观看负面信息的速度快，步子有力。

没有人能假装改变我们的思维很容易改变，或者可以脱离大环境独自运转。但幸运的是，抵制对于老年的诋毁和否认所需要的持续警觉也不是太难——可能比你想象的要容易——至少比你用来掩盖自己年龄所需要的警觉容易。在某种程度上，抗拒变老完全失去了意义——你要么死掉，要么看起来就是老人——但你用于接受自己变老的事实、拒绝模式化对待老年的努力却能在你余下的一生中让你受益无穷。如果有一种保险可以担保让变老的过程更为丰富，那就是这种对将老年病态化的拒绝，这是对于变老的愉快接受——生活于岁月之中而不是妄图让岁月停止。

越老可以越幸福

虽然可以很容易地找到老年生活及其环境不幸的可怕例子，但对于我们大多数人来说，现实没有那么糟糕。事实上，很多研究都显示人们随着年龄增长而更为幸福，或者是因为获得了新的情感技巧，或者只是因为优先次序的变化（不再为外在的东西花费精力，更注重情感关系的发展）。但我们却常常错误地预计自己老年后会变得不如现在快乐。

诗人莎朗·奥兹在《变老》中描写她发现自己老去的身体可爱"甚至美丽"，而自己在年轻时或许会对此充满厌恶。

"谁人"乐队的彼得·汤申德曾经唱过:"希望我在老去前死掉。"在他60岁生日那天,他宣称自己当时比在写下这些歌词时更为幸福。

Embracing Age

3. 拥抱变老

3. 拥抱变老

当年过 70 岁的霍华德和吉斯乐·米勒从华盛顿特区的地铁站出来时，碰到了点问题。那时正在下大雪，他们无法及时走到女儿和女婿家吃晚饭。他们需要拦一辆出租车，但恰逢上下班高峰时刻，没有一辆出租车愿意停下来载他们。他们试着往女儿家打电话——那时候手机还没有流行——但没人在家。当他们的手指开始冻得发麻时，霍华德注意到街对面的披萨饼店。他和吉斯乐走进去叫了一个大披萨外卖。当收银员要地址时，霍华德告诉了她并补充道："哦，还有件事。""什么事？"收银员问。"我们想让你们把我们一起送去。"然后他们就顺利到达女儿的家，与那张巨大的披萨饼一起，赶上了晚饭。

米勒的故事展示出在任何年龄都值得赞赏的机智，但他们的女婿，美国老年病学家基恩·科亨讲这个故事，是为了说明年老的大脑依然可以产生灵活的创造力。这与通常认为的老年人僵化的思维完全相反。那些衰退论者试图让我们相信，到了可以领取退休金的年龄——甚至更早，我们的生命之泉开始干涸，我们的生命开始萎缩：我们将要报废。他们认为，时间就像窃贼，在我们 60 岁生日前夜，它潜入我们的身体，清空我们的大脑和心灵，代之以一种称为老年的东西。不难理解，处于第三年龄的人无法忍受这种想法，他们要反转这个过程：年龄改变不了一切——年龄只是个数字而已。

失去与得到

这种错误的反抗否认了我们的生命从一开始就不停地经历延续和变化这一事实。如同莫莉·安德鲁所说的：

> 在整个生命周期中，变化与持续交织成一张紧密的网。当我们面对新的挑战时，我们在生理上和心理上都应对着生活的变化，我们因此而变化，虽然我们看似保持原样。在这方面，老年与人生其他时期没有本质上的不同。变化很多而真实，否认它们，就像有些人以此来对抗年龄主义，是毫无意义的。

变老的最大挑战之一，可能是找出哪些方面是不变的、哪些方面发生了改变。对于那些既不否认变老，又不提前戒绝生命的人，这种区分来自本能。如果我们拥抱变老，我们就会不可避免地意识到我们生命中的有些东西将永远失去，我们可以怀念它们。例如，一位女性可能会觉得自己失去了美貌而无法忍受，特别是如果她为此投资巨大。

但从另一方面看，她或许可以松一口气：现在她再也不用为自己的容貌焦虑或者为了以容貌愉悦他人，而阻止自己在其他方面的追求，她可以更自由地做自己想做的事。(当然，还有第三种可能：或许她永远不会厌倦穿衣和修饰自己，哪怕只是为了自己高兴和表达，与自己出生证上的日期无关。)

虽然听起来有些矛盾，怀念是热情变老过程中重要的部分，因为它有助于我们告别生命中的一些东西，让你解放出来有更多的空间迎接新的东西。这并不是只是老年人独有。孩子或许用泪水而不是语言来表达这些，如开始上学的孩子怀念自己一直享有的不被限制的时间。同样，学校生涯的结束也被他们看作一种美妙的解放而庆祝，似乎承认这一转变带来的损失和悲哀有些羞耻：不再有人替你安排好一切，或者（有时候）失去父母提供的安慰。我们或许会反抗学校和父母，但它们不再在那里被我们反抗又是另一码事。能够忍受一些必要的损失所带来的悲哀和伤心是帮助我们变老的重要人生资源——在任何年龄段都如此。

多年以后，依然是我

除非我们完全得了阿尔茨海默病（又称老年痴呆症）（如今我们对于老年焦虑的焦点），时间并不会抹去一个人的本质。我们永远不会变成他们，而依然是自己，只是老了一些而已。记者佩里格兰·瓦松承认说：

> 我觉得描写老年很难，因为我并不觉得自己很老。我感到的只是我自己。可能在这方面我自我中心得反常，因为我还必须承认自己不记得感受到年轻或中年。我记得自己在不同阶段感觉到的希望、忧虑和恐惧，但感受到这些担忧、希望和恐惧的都是同一个自己。我那从未间断过的自我意识让周围环境的改变看上去显得不那么重要。

"感觉老了"是什么样子的呢？看起来从来没有人给它下过确切定义：通常它被用于一个否定的语境下——"我不

觉得自己老了"——而不是肯定句中。当人们说自己感觉老了时，常常带有一种疲惫的感觉，那种感觉更多来自于抑郁而未必是老年的必然属性。或者他们用来表达别人对待自己的态度，比如雇主对自己。当他们说自己不觉得老，是指那种自己赋予老年的模式化想象。2013年《卫报》出过一个专刊，它问了报纸各个版块的撰稿人觉得自己有多老。在六个调查对象中，只有一位说感受到自己的年龄，其他大多数都觉得自己比实际年龄年轻。但如果一个70岁的人说自己觉得只有18岁，她指的是自己真的觉得自己和18岁时的自己一样，还是她指18岁的她应该有着自己现在这样的感觉？18岁到底感觉是什么样的？那么在她的想象中70岁又是怎样的感受呢？

  法国作家安德烈·纪德在60岁时写下："我不得不费尽心机地说服自己现在已经与那些自己年轻时看起来那么古老的人年纪一样大了。"可以理解，对于一个年轻人来说，60岁看上去很老，但30岁，甚至21岁不也很老吗？但当你只有4岁时，5岁都显得很大。难道我们不知道——或者没有经过——自己3岁时觉得自己4岁生日的早晨生活将发生巨大变化吗？我们习惯于想象年龄将给自己的生活带来根本上的跳跃，不管是 4 岁还是 40 岁。实际上却不是这样的。可能这是对于变老我们最难以真正了解的真相。

　　大多数年长的人意识到自己生活在安德鲁所说的连续和变化的交替之中。63 岁的露茜说："如果年轻时的自己见到今天的我，她会认出我——我们有那么多共同的地方。同时她也会松一大口气，因为我变得如此幸福——我经常希望自己可以告诉她。"

　　70 岁的斯特拉与 76 岁的保罗结婚已经四十年了。"当我们的孩子问我们如何能够忍受与同一个人生活这么久时，我们回答说不对——我们两人都已经改变很多。但保罗依然还是同样的保罗，他调皮的笑容，和我第一次见到他时的一样。有一张他 13 岁时拍的学校照片，那时候的他就有这种笑容。"在这个意义上，我们永远不会失去我们早年的自己，只会增加认识。并不是只有老人才以这种正面的方式看待变老：在生命的任何阶段都能培养这种想法。同样，拥抱变老并不专指拥抱老年，而是在我们穿越生命的整个过程中接受这一变化过程——从 28 岁变成 29 岁，与从 58 岁变成 59 岁时没什么不同。

多年以后，依然活力无穷

或许对于老人来说最恶意的中伤——也是对未老之人最可怕的假象——莫过于年龄吸取了我们的活力这一观点。让我们先不要太盲目乐观：大多数人发现自己的精力随着年龄的增加而改变，必须学会放慢自己的节奏（这是为什么我们发明了午休）。就是30岁的人也会抱怨自己的精力随着发迹线后退，过了20岁，通宵熬夜的代价就越来越大。但生理和精神上的活力虽然相关，尤其是你在与痛苦搏斗时，但毕竟不是同一件事。那种认为随着年岁增长而对生活的热情必然降低的看法，完全是错误的。

西塞罗率先打破了这一观点。这位古罗马演说家在他与老年达成的协议《论老年》中说："那些没有足够资源保证自己快乐幸福的生活的人们发现任何年龄段都充满负担。"他认为，只有傻瓜才把自己的软弱归咎于年老。有些人认为他将老年理想化，而且他自己的老年并不像他所描写的那样，但至少他并不怀念自己年轻时所拥有的体魄，他宣称这就像遗

/ 在戏剧《哈洛与慕德》中，一个患了抑郁症的19岁男孩爱上了79岁的生机勃勃的妇女，两人都爱去参加葬礼，并以此为乐。他们是在葬礼上相遇的。她将自己的活力给了他，将他带回正常的生活。

憾自己没有公牛或大象的力气一样没有意义："生命的意义不在于物理力量、行为或身体的灵活性，而在于决心、性格以及观点的表达。对这些特性，老年不仅不是障碍，而是在通常情况下比年轻人更有优势。"

在任何年龄，一个人都可以活着或死去。在哈尔·阿什贝1971年那出色的黑色喜剧《哈洛与慕德》中，一个患了抑郁症的19岁男孩爱上了79岁的生机勃勃的妇女，两人都爱参加葬礼，并以此为乐。他们是在葬礼上相遇的。她将自己的活力给了他，将他带回正常的生活。

生命活力无法用时间表衡量，布莱希特的短篇小说《看着不像的老太太》讲述了一个72岁的老太太的故事。她是一个忠实的母亲和妻子，但在她丈夫死后，她"部分地解放了自己"。不顾世俗偏见，她邀请神父同看电影，一起吃馅饼喝酒聊八卦，在她生命的最后两年里，"她吃尽了生命面包的最后一片面包屑。"她代表了对于那些说"我应该……"的人的一种回答，那些人以遗憾和悔恨标记过去，却无视余下的可能。

弗洛丽达·司哥特-麦克斯韦尔写下的一些文字，可能是对变老可以意味着变得更多地参与成长中这一观点最美好的表达。这位生于美国后来定居于苏格兰与伦敦的剧作家和妇女参政倡导者，在自己40岁时才开始她的新职业：跟随卡尔·荣格学习心理分析。司哥特-麦克斯韦尔活到了96岁，1968年在她85岁时出版的关于变老的佳作《我的寿数》中写道：

年龄让我困惑。我原以为这会是一段安静的时光。我的70岁有趣而宁静，但我的80岁却热情高涨。随着年岁增长，我变得更激进。我自己也觉得吃惊，热烈的信念在我体内喷涌而出。就在最近的几年前，我还享受自己平静的内心，但现在我对外界及人类普遍特性感到不满，希望能把它们纠正过来，似乎自己依然欠生活一个交代。我必须冷静下来，我的身体过于衰弱了，承受不了这种道德高烧。

一系列心理分析研究都观察到热情并不一定随着时间流逝而冷却。爱利克·埃里克森是第一个认真思考变老的人，他认为我们一生会经过八个不同的心理阶段。埃里克森的阶段论在今天看来过于程序化，因为我们的生活并不那么严格

3. 拥抱变老

地遵守这种年龄模式。但他对于老年人的访谈依然揭露出一个令人惊讶的事实：尽管他们已经不怎么活动，他们依然对"生活的感官联系"充满兴趣。更近一些的法国心理治疗师玛莉亚·翁泽在她访谈过的许多老年人中也发现了同样的特点：一个"热情的老年"，充满了好奇心、对快乐和惊喜的感知力、学习和思考的能力以及性欲。她认为，所有这些都能无关于生理障碍而存在。在希伯来语中有一个单词"guil"，同时包含老年和快乐的意思。

当然，所有这些活力都会令人疲惫。我们有一些厌恶情绪也很正常。如果我们选择这么做，抱怨我们自己的身体和这个世界也是生活的乐趣之一。但是把老年人漫画为"坏脾气的老头、老太"，则没有区分那种健康的一点点抱怨和许多老年人因我们的文化对他们的边缘化、贫穷化和漠视而产生的愤怒。

大脑：杂技演员

任何时候试图让自己充满活力都不算晚，虽然在我们这个过于看重早熟的社会，你不这么做也会被原谅。孩子养育手册中常常鼓吹一种观点：在一个"正确年龄"学会某种能力——另一种形式的年龄主义，它忽视了证实人们发育快慢有巨大差异的各种证据。我们听着早期学习的重要性而长大，因为早年大脑极具韧性，似乎随着时间流逝我们的思维和精神活动会变得硬化。

最近的研究已经证明上面的说法不对。如我在先前已指出的，有证据显示大脑在中年——35至65岁，甚至更往后——依然保持弹性。加州大学洛杉矶分校的神经学家乔治·巴佐基斯认为，"在中年，你才开始获得每天、持续性的每一秒都利用你大脑所储存的全部信息的最大能力……你有能力在平时生活中更好地使用你的大脑。"

加州大学有一个花了将近四十年跟踪一组女性的长期研究，其得到的结果更为惊人。从40岁早期到60岁的妇女在归纳推理的测试中得分最高，而冷静地分析相反观念的能力直到五十或六十多岁时才达到顶点。另一个跨时间跟踪研究的结果显示，这种现象同样存在于男性和女性受试者之中。《成年大脑的秘密生活》的作者芭芭拉·斯图拉赫观察到，好多年来，对于老年人的研究都是在养老院进行的，那里老人的身体和大脑很少得到刺激,而这种失误却影响了对于老年人行为的认知。

最近的研究显示了经验和隐性知识的价值。"字面记忆"(逐字列出)的能力或许会随年岁增长而下降,但"要点记忆"(将概念总结分类)的能力随着我们变老而提高,因为那时候大脑两个半球间的协调性更好。

这就如个体差异随着年龄增长变得更大,而非更小,他们的大脑看起来也如此。剑桥大学的研究挑战了那种认为认知老化是普适的、不可阻挡的、逐步加深的整体性下降的观念。事实上,认知功能对我们中的大多数人总体来说在成人的整个生命周期中保持稳定。

与肌肉一样,大脑可以持续发育,尤其是伴随运动刺激时。所以,将老年人禁锢于一个静态少动的生活中——无论是在自己家里还是在养老院——是最快加速衰弱的方式。除非你完全瘫痪,不然总是可以进行某些运动。

创造性地变老

创造力与活力一样,都与年纪无关。达尔文在他的《物种起源》出版时50岁；康德在他的《纯粹理性批判》出版时57岁。笛福的所有小说都写于60岁之后。戈雅66岁时开始画他的《战争的灾难》。（当他80岁时画了一个有着圣诞老人般大胡子的古代老人，弯腰撑着两根拐棍，刻着"Aun aprendo"——我还在学习。）威尔第在72岁时创作了《奥泰罗》，76岁时创作了《法尔斯塔夫》；索福克勒斯68岁时写了《俄狄浦斯王》，89岁时写了《俄狄浦斯在科罗诺斯》。毕加索一直画到92岁去世。

埃里奥特·杰奎斯在他1965年著名的论文《死亡与中年危机》中提出，在35岁和65岁之间，艺术家的创作风格会发生变化，从一种"热情而激烈的"创造力变得更"可塑"一些。他认为，这是因为他们经历了某些激怒他们早期生活的情感冲突，而开始接受不可避免的死亡。

这里有一个危险，那就是用一种模式化代替了另外一种：不再是干瘦或性情乖戾的老人，现在老人又被看作智慧的宝库和宁静的神仙。但我们中的许多人没有那种平静的基因，如果你在二十多岁时就一点都不安静，没有理由会因为自己30岁或60岁了就突然演化成沉着冷静的禅师。这就像回到了

3. 拥抱变老

/ 戈雅在80岁时画了这幅画，刻有"*Aun aprendo*"——我还在学习。

孩子对长大的幻想,长大的一到两岁会让自己产生巨变。

评论家爱德华·萨义德反驳那种认为后期作品一定会更平静并展现一种和谐与统一的说法。他问道:"如果年龄与疾病没能产生'成熟代表一切'的平静呢?"他研究了巴赫、贝多芬与易卜生晚期的作品,萨义德在其中看到了不妥协、困难以及无法解决的冲突。或许这也是完整生命中不可或缺的一部分。

当然,我们大多数人都不是巴赫、贝多芬、易卜生或毕加索,但一个哥伦比亚大学举办的名为"地面上"、针对纽约老年艺术家和他们生活网络的研究显示,我们可以从创造性艺术家变老的动态方式中学到很多。该研究访问了二百一十三位从62岁到97岁的艺术家(未区分第三年龄和第四年龄),发现他们有一些共同之处:他们每天都去自己的工作室,哪怕有些人需要花一个半小时走过两条街;他们至少每周都会与其他艺术家交流,如果不是每天都有的话;有些人选择换种工作方式,做起来不再那么费力。大多数人还在一些另外的事情上看法一致。一个是他们从不退休——那就像是从生命中退休。另一条是他们对自己的生活非常满意。这说明身

3. 拥抱变老

体上的运动、工作或对于某种兴趣的投入，以及有意识地维持社会联系，都丰富了变老的过程。

如果我们不能都成为戈雅，但只要拥有一点点健康（心理上和生理上）和金钱，我们就能充实自己的生活并重塑自己。在电视职业中取得成功之后，劳拉在46岁时成为瑜伽老师，在55岁时成为艺术学生：

> 我一直在寻找自己生命中的下个阶段，我希望它更具灵性，我发现了瑜伽。它让我着迷，但它很精确，于是我决定用自己的手做些东西，要自由一些。我第一个职业做了三十年，我想后面两个职业也该持续三十年吧。我不为自己没有早些发现它们而后悔，因为我那时候喜欢自己做的事；现在我不再想继续，但当时我喜欢，如同现在我喜欢自己正在做的事。

真的，变老能让人们变得更具创造力而不是相反。提姆·迪是一个成功的电台制作人，直到48岁时他才开始写纪实文学。他关于鸟类观察的佳作《飞行天空》就是关于观察和感受愉悦的。为什么他那么晚才开始写作呢？他用在大学里学来的过于批判性的口吻说，时间帮助他找到了自己的声音。

51岁的珍妮一直想做一个口译工作者，但她一直没有信心，所以一直做着行政工作。三年前，当她最小的孩子离开家后，她开始学习匈牙利语，现在她以流利的匈牙利语带队游览布达佩斯。"发现自己的大脑没有萎缩这种感觉真好。我今后绝不会再讲那些自我贬低的老年笑话！"

有些人找到运用他们经验的新方式。1995年，63岁的比尔从他那个大工程公司的工作中退休，从那以后，他在菲律宾、玻利维亚、洪都拉斯和斯里兰卡做了各种工作，给政府建议如何以无害环境且经济的方式处理废物。

工作并不是保持头脑敏锐和活跃的唯一手段，除此之外还有终身教育。第三年龄大学就是一个例子，每个成员既是学生，又是老师，保持那种"好奇心没有最高年龄限制"的精神。他们认为学习的深处应该是愉悦的，永远不应该停止。事实上我们中相当多的人只在自己变老以后才学会该如何学习。

3. 拥抱变老

另一个被广为接受的关于老年的想法是，我们变得更保守。对于最近投票规律的分析却显示出，现在的老人比年轻时更激进。作家奥利弗·丹就是一个激进的老人。在1988年74岁时，她到法院起诉中央发电委员会"与政府共谋将钚卖给美国制造核武器"。

存在之乐

当然，罗列这类"晚年成就"给人的印象好像在说，老人们必须不停地"做"些什么来打败时光的流逝，并让自己的存在有意义。难道我就不能坐着发呆吗？玛莉亚·翁泽的一个朋友这样描述老年的乐趣。它们包括坐在沙滩上感受太阳照在脸上的感觉："这种感觉……更多地来自内心而非外部。"怪不得我们的文化过于忽视老年人的存在，对年老充满了轻视与害怕！如果那些老人持续不断的成功和热情成为常态，我们必须向他们学习——一个"成功变老"的蓝图——这种态度没有建设性。整个关于"健康变老"的要点在于能够像美国诗人梅·萨藤在自己70岁时说的那样："为什么变老是件好事？因为与以前相比我更成为我自己。"

这种从社会期望中得到解放的感觉，一次又一次地出现在老人们对自己作为老人的乐趣描述中：那种可能不需要再对别人希望为你做什么或从你处得到什么太在意的现实，打开了你生活中更多的可能性，你需要考虑的更多的是自己对于"合适"的感觉。74岁的老人雷切尔说：

当我年轻时，我是女儿、妻子或母亲。在最近二十五年里，我发现了自己——自己的优势是什么，想做什么。有时候你完全可以把自己放在第一位。我为撒马利坦会工作——那份工作比我的孙子更占优先位置，除非有什么紧急的事。我也参与老年英国（Age UK）这一组织主持的一个表演——我以前从来没有参加过什么演出，但现在我觉得，是不是自己还有一些地方从来没有开发过？

不要做怪人

老年人的个性看起来又给他们带来一种模式化现象，他们常常被视作"怪人"。珍妮·约瑟夫有一首诗名为《警

3. 拥抱变老

/ 老年人中的个性化被妖魔化为一种新"特征"——"怪僻"。

告》——其开头是"如果我是老太太,我要穿紫衣"——就是最有名的例子。该诗发表于1961年,这个原是颇具鼓舞作用的老年形象,却在过去的二十年中被当作婴儿潮们对变老焦虑的象征。现在你可以买到印有这句话的紫色T恤、紫色手袋、甚至紫色点心托盘。它怪异、傲慢且带着模式化描述。网络上更充斥着比它更糟的模仿,主要是针对男性的,如"如果我是个老头,我要戴上假牙和助听器"。年轻女性不能穿紫色吗?

寻找意义

心理分析学家荣格认为,如果长寿对于人类没有意义,人们就活不到70或80岁。他说:"人类生命的黄昏肯定有其自身的重要意义,不仅仅作为生命早晨的可怜附属而存在。"如果有什么动力引导人们中年以后的生活的话,那么应该当属寻找生活的意义;中年危机——如果的确存在的话——或许就是存在意义上的危机。它让我们反思我们至今的生活——是不是如同我们应当的还是我们真正希望的那样生活——有时候会带来根本性的变化。

所以变老具有点石成金的潜力,是贯穿生命的变化源泉。日本电影导演黑泽明在他 1952 年的表现主义名作《生之欲》中,讲述了一个毫无生气的老年公务员的故事。当他被诊断出得了胃癌时,他决定要享受最后的生活。他碰到了一系列巧遇,包括认识了一个年轻却无比迟钝的同事,他在生命的最后几个月里发现了生命的意义,以一生中从未有过的活力走向死亡。虽然黑泽明在拍这部电影时只有 42 岁,这部电影显然受到他对自己生活价值的怀疑的驱动。"我一直觉得自己的生命没有什么意义,我对此感到心痛。"这部电影提供了一个答案:即使在很快死亡的阴影笼罩下,我们依然可以找到生命的全新意义。

实际上,心理成长可以发生在生命过程的任何阶段——贯穿其中。梅·萨藤认为,老年不是一个固定的时间点,如同"日出、日落或大海潮汐一样,在任何时间点,人的心理都处于起落之中。"她相信自己 70 岁时可以更好地运用自己的技能。她一直认为随着年龄增大自己会变得脱节,直到惊奇地发现事实与原先的想法相反——融入,她发现自己有更大的能力活在当下。"我感到快乐,因为我觉得自己充满活力,身体健康，每天都充满了期待……我生命中的快乐与年龄无关。它们从未改变。鲜花、晨光和晚霞、音乐、诗歌、静思、金翅雀飞来飞去……"

更少即更多

英国政治家丹尼士·希利发现自己年老时"在心理上更开阔"。他对别人更有兴趣，对颜色、音乐和阳光更敏感，也更爱自己的家庭。"我对权力和地位的兴趣消失了，也不操心赚钱。"这是一个常见的主题，尤其是在那些年轻时特别看重工作的人身上。那些常被称为"筋疲力尽"的描述，可能就是生命失去平衡的内在感觉而带来的生命的自我保护机制。因为有工作的人的压力变得越来越重和难以释放，筋疲力尽出现在我们越来越年轻的时候也不再令人吃惊。现在，从事紧张工作的女性在不到30岁时就同男性们一样觉得筋疲力尽。当她们进入30岁时，她们将不得不学习如何将自己热烈的能量转化为庸常的毅力。

我们谈到当自己变老时生活变窄了，实际上是我们放弃了生命中非关键的部分。法国女演员娜塔莉·贝伊63岁时说:"那是变老的小把戏:你必须变得更轻。"更轻可能指的是不要用太多东西把自己绷得太紧,专注于一事而不要多任务,学会说不。

要做到这样,我们必须学会放弃持续一生的贪心与不满。中年及以后给我们提供了一个机会,来反思我们的生活并为那些从来没有发生的好事和确实发生的坏事默一下哀——收拾痛苦、损失和没有解决的冲突并放下它们,而不是把它们当作笨重的行李拖着到处跑。

我们又回到了怀念,有些损失特别难于怀念——如共同生活了四十年的伴侣的死亡,或者某人的朋友的离世带来的孤独感;或者丧失了身体的行动能力;或者如心理分析学家丹涅利·奎诺多斯举出的她遇见或治疗过的几十位老人,他们在经历了一段非常深切的悲哀之后放下了这一切,在怀念了他们的损失之后变得更为自由。

当患有关节炎而不得不跛行的80岁寡妇娄搬进养老院时,她在那里营造出一种欢愉的氛围:她组织填字游戏,详述自己的回忆并聆听别人的故事。病友们都变得充满活力并对彼此产生兴趣。娄的经历让奎诺多斯相信一个人可以在失去一切的同时并不失去自己。这种对于变老的看法很鼓舞人心，变老未必会让人滑入感伤的深渊，或对痛苦的漠视。它提醒我们，最终痛苦可以被乐观与爱替代。为什么我们不能记住这些呢？

多年以后，爱还在

不证自明，那些依然拥有爱心的人发现变老更容易接受，但人们常常忽略爱心并不随年老而停止。没有证据表明当我们变老时我们爱得更少，或爱更少人。虽然在婴儿时期，我们就开始培育爱心，回应我们得到的爱和照顾。埃里克森认为，当人们建立了自我意识，他们变得更易于建立亲密的相互关系。而且，随着我们变老，我们发现其他表达爱的方式来取代或补充性爱。你无法取代一个已经去世的爱人，但你可以发现其他人去爱。

W. H. 奥登说："我们必须互相喜爱，不然不如死去。"当然，我们总是要死的，但如果我们爱过，会死得更平静一些。

那些具有感恩倾向的人也会发现变老容易接受。他们欣赏自己依然拥有的。黛安娜·阿西尔的书写得很美，因为它完全没有自怜的影子：她欣然接受变老这一事实以及它不可避免地带来的损失，就像接受自己早年的生活一样，有喜也有悲。就算在搬入养老院之后，阿西尔也没有失去在自己生活中发现乐事的能力，同样能够欣赏并享受它们。这是一种难得的才能——可以接受老去，但拒绝年龄主义的局限。

有一位百岁妇女被邀请电台访谈，回答是否有遗憾时说："如果我知道自己可以活100岁，我可能在40岁时开始学小提琴，那样我现在都能拉六十年小提琴了！"

Between the Ages

4. 年龄之间

4. 年龄之间

现在关于老年人的漫画不仅持续出现，而且无处不在——我们回顾一下历史。如果我们不把过去理想化，会不会因为了解到古代撒丁岛上的人们将老人推下悬崖，看着他们掉下深渊时自己哈哈大笑而感到自己在现在变老是件幸福的事？或者在了解了日本某个偏僻的地方，曾经有过将到了某个年纪的老人分而食之的习俗而感到庆幸？讲述这些可怕故事的意义在于让我们感激现在的老年取暖补贴和可能实现的免费处方药，我们的老年够奢侈啊，我们应该闭上嘴，不要抱怨。

不是这样的：历史告诉我们的是，对老年人的态度可以也确实会变化——即便不是永远朝向更好的方向；没有什么是不可改变或"自然"如此的。我们对年龄主义的历史渊源了解得越多，越容易了解它不是针对个人的。

如西蒙娜·德·波伏娃所指出的："一个人的老去和衰弱总是发生于某个社会背景之中。"回顾历史和了解其他文化显示出我们的观念和行为受我们所生活的社会以及更多的是经济所影响：最终反映出年龄主义的随便一句话——"他显老"——的源头可能是经济上的焦虑。了解这些之后你就拥有了一卡车能帮助你战胜年龄主义的工具。

没有金色的老年

显然，憎老症有着很长的历史。亚里士多德称老年人心胸狭窄、充满恶意还小气。柏拉图则把老年人描绘成肮脏无能的始作俑者。杀死老年人在很多文化里都曾存在。霍皮人将老人遗弃在专门建造的小棚屋里；萨摩亚人则活埋老人；南比夸拉印第安人用一个词表示年轻美丽，另一个词表示老年和丑陋。

在很多传统社会中，只有在你对社会有用才能获得尊敬。这是有实用理由的：历史学家大卫·哈基德·费舍尔指出，对于生活在生存还是灭亡边缘的人群来说，无法自立的老年人对于其亲属来说是一个巨大的负担。事实上杀死老年人常常和杀死婴儿一起存在。

老而有力

前工业时代的社会当然不都是由老人统治。但与现在相比，老年人要稀有不少，所以有着稀缺价值，受到更广泛的敬重：老年人常常享有名声、特权、权力和权威。在古希腊，你只有年满 50 岁才能担任陪审团成员。罗马的参议员来自 *senex* 一词，意思是老年。在 1400 年和 1600 年间，威尼斯共和国的最高职位——总督担任者的平均年龄是 72 岁。

虽然现代欧洲早年的人们不知疲倦地寻找青春之泉，但人们并不认为年老就是坏事。在 17 世纪，男人们戴洒有白粉的假发来使自己看上去更老。在 18 世纪的新英格兰，人们往往夸大而不是缩小自己的真实年龄来让自己更老。

大转变

但 19 世纪带来了人们对于老年想法的深刻变化：那种认为年老虽然有着无法避免的局限性，却也是人生重要部分的想法，逐渐让位于认为老年是生物医学的一种疾病，或许有某种科学解决方案的看法。

这种转变反映在习惯和语言的变化中。在 17 世纪美国会堂里最好的位置是留给老人的。在 1770 年到 1840 年间，他们失去了这种特权，让位于有钱人，而且新的法律规定他们在一定年纪后必须退休。1780 年以前，"fogey" 指受伤的退

/ 1780年以前,"fogey(现在意义是守旧者)",指的是受伤的老兵。

伍军人，到1830年，它获得了延续至今的意思，带有贬义的形容年老而思想狭隘的人。同样"senile"也在19世纪从一个中性的专指老年的词转化为一个描述老年虚弱的医学名词，常与痴呆（dementia）、怪癖（Codger）、退休而落伍的（superannuated）等词，并最后与老年病（geriatric）用在一起，表达了老年的负面语义。

然而，大多数形容老年妇女的词从来没有被正面使用过：丑老巫婆（hag）、干瘪老太婆（crone）和其他几乎所有关联年老与女性的贬义词一样，都有着很长的历史。老处女（Old maid）早在16世纪就带毁谤之意，而女巫（witch）从来就是将危险的力量与老年妇女联系在一起。未婚女人（Spinster）算是例外，最早它指的是纺羊毛的女工，这在当时也是少数女性可以从事的职业，可以独立于男性而生活。今天，这个词也变成贬义词，用来指所有年老单身女性，而且暗指她们无法找到丈夫而不是自愿选择单身。

当然，有时候我们很容易夸大这种变化。在现实中，对待老年人的态度一直有很大差异，他们的经历也如此。另外对于老年的定义无疑也随着时间的发展而变化巨大。中世纪人们的平均寿命比现在小很多,我们好不惊讶于诗人但丁觉得 46 岁就属于老年了。

在 19 世纪,"老年人"被认为是个特别的社会人群,与其他社会人群相隔离。你变老后成为流浪汉的可能变小了,但你获得尊重的可能性也减少了。在发生这种大转变之前,老人被认为在社会中负有特别的责任,大转变之后,他们的医疗和经济条件改善了,但社会重要性却降低了。

另一个年老的历史学家托马斯·科尔认为到了 19 世纪晚期,清教徒中产阶级——在当时文化中居于支配地位——失去了以"完整的存在"面对老年的能力,代之以对老年人的恐惧、侵略和敌意。

现在出现一种观点,认为人类可以做到完美、无所不能。这种观点又带来一种信念,就是生命的脆弱可以被根除,人类的极限不再成为限制。老年成为一种疾病,即使不需监护照顾其病理也需要专业知识支持。科尔认为,这种观念缺失的是理解变老的框架——道德上、精神上或形而上层面的。老年需要被"管理",被分为"好的"变老与"坏的"变老。科尔也讨论过"对于人生晚年的去意义化"这一论题。有趣的是，就在19世纪年老开始贬值时，出现了维多利亚式多愁善感的老年形象。对于老年人的虔诚态度似乎是为了掩盖他们所失去的尊敬和角色意义而发展起来的。

结果就是出现了一堆针对老年人的毫无逻辑的观念。例如，虽然我们比以前活得更长、更健康，我们却比以前花更多时间担心变老：我们更迟变老，但在更年轻的时候开始害怕变老。这特别奇怪，因为技术的进步使蛮力变得不再像以前那么重要。这会让人觉得，没年轻人那么多力气的老年人受到的歧视会减少。老年病学家阿兰·沃克认为变老是一个动态的过程，一直处在变化中，而公共政策往往被固定在以前，比实际情况至少脱节二十年。这种他所称作的"结构性延误"阻止了老年人在他们所在的社会中完全发挥作用。

为什么人们对老年人的态度改变了这么多？1972年两位社会学家唐纳德·考吉尔和洛威尔·福尔摩斯提出了"现代化理论"。他们认为老年人在蒙昧时代的地位高于现在在工业社会中的地位，因为现在个人的成就更被看重，而群体的利益则被牺牲了。

其他研究者不同意这种说法，认为在现代化开始之前老年人的地位就已开始下降,我们不应被以前公众的尊敬所迷惑:通常,在私下里,人们可能会用不那么有敬意的语气。而且不管别人怎么说怎么写,如果你又老又穷,即使在前工业化时代,你的生活估计也依然凄惨。

还有些人认为我们不像以前那么尊重老年人的原因,不是工业化,而是有关社会平等的新观念:为什么某个人群应该获得其他人群没有的尊敬?虽然城市化和工业化无疑深刻地影响了人们对老年的态度,但最大的变化其实还是发生在一百年后的 20 世纪。

老年未必传统

难以相信在 20 世纪 40 和 50 年代,年轻人想方设法让自己看上去更老。《父母世界》杂志在 1956 年曾出过青少年服饰专辑:那些模特和他们穿衣风格让他们看起来就像 40 岁——至少我们现在看来如此。

新闻记者凯瑟琳·怀特霍恩回忆起自己借了姨妈的礼服参加剑桥五月舞会的情景说:"现在谁会向姨妈借衣服?……我们当时期待成人的衣服……看上去那时候就像另一个

4. 年龄之间

/ 模特玛戈特·司麦丽续任了《Vogue》杂志的埃克塞特太太角色——白发、朴素服装、已婚名字，让她看起来"真真实实"地老了。

世界。"

在20世纪40年代,《Vogue》杂志推出一个叫埃克塞特太太的人物,(一开始是画,后来使用了模特。)代表老年妇女。让研究老年和服饰的社会学家茱莉亚·推各觉得惊讶的是,埃克塞特太太现在在我们眼里是一种非常"固执"的老——她满头白发,着装克制,有意表现已婚的名字。1949年,《Vogue》写道:"接近60岁的埃克塞特太太看起来一点都不年轻,她以最好的幽默感与理性接受这一事实。"对于现代的读者,她看上去似乎是从另一个星系来的。

苦涩的老年并不美好

大多数历史学家都同意,不管老年人地位从何时开始下降,"第二次现代化"——20世纪后期开始的社会持续迅速变化——加速了这个过程。显然,当流行歌曲唱着"你还需要我吗?你还给我吃吗,当我64岁时?"在这20世纪60年代的年轻文化中,你就能发现一种新的憎老症的出现。对着信奉"不要相信超过30岁的人"这一名言的整一代人,他们宣示:"希望自己在变老前死去。"

4. 年龄之间

/ 电影《毕业生》：罗宾森夫妇看着愤怒中的本（达斯汀·霍夫曼饰），他们自己的嘴也因怒气而无法合上，一副丑恶的嘴脸。

没有什么能比迈克·尼科尔斯1967年的电影《毕业生》更好地反映这种态度。虽然安妮·班克罗夫特扮演罗宾森太太这一老妇人的角色时才36岁,但她代表了中年、知识分子文化中无趣和压抑的一切。这部影片绝妙地指向了几乎所有文化构件——婚姻、实业、教堂和教育——但它的年龄主义似乎没有引起人们的注意。美丽但苦涩的罗宾森太太试图把她女儿的生活塑造得像自己的一样单调乏味。在最后宏伟的教堂场景里,在伊莱恩与家人为她挑选的WASP(白人盎格鲁-撒克逊清教徒)丈夫交换誓言时,罗宾森夫妇抬头看着哀嚎着的达斯汀·霍夫曼扮演的本(达斯汀·霍夫曼饰演),他们发怒的嘴变形成夸张的龇牙咧嘴状。为了阻止伊莱恩与本逃走,罗宾森太太对她大声喊道:"太迟了!"伊莱恩回答:"我不管。"

为经验所蒙蔽

科技改变了我们看待老人的方式。在变化缓慢的传统——主要是口头传播的——社会中,老年人更有可能受到尊重,因为他们能将部落中的知识、经验甚至历史传给下一

4. 年龄之间

代。他们是传统的监护人，传授实用的技术——从捕鱼到传说与歌曲，保持文化的延续。

相比之下，今天我们遇到了社会学家理查德·桑内特所称的"技术灭绝"：如果你是工程师、律师、医生或计算机维修师，你从学校学来的技能不再能持续性地支撑你一辈子：技能已经不是可持久的资产，经验也不再被视作优点。（当BBC第3台的控制者、Proms主管约翰·德拉孟德反对BBC的一项改革时，一位管理者指责他"为经验所蒙蔽"。）录用一个年轻的新人比留下老人的开支低很多。因此在上世纪50年代对变老的担忧会被视为病态，现在却被视为常态，而且还要想出花费巨大的措施来应对老人这一现象，我们也许早已见怪不怪。

我们也不再珍视老年人的回忆，因为我们觉得技术会代替我们记住一切。不仅仅是老年人害怕自己"被留下"——我们所有人都得学会与这种长期存在的不安全感共存，我们的用处都只体现在我们已完成的工作中。这种焦虑、无情的个人主义将年轻人与老年人对立起来，让我们把每个人都视作自己的对手。

其他文化

那我们去哪里寻求安慰呢，中国？那里有儒家的"孝道"——一套复杂而又精细的规矩，将尊敬、耐心和赡养包含在内的对老人的义务——如此有力甚至写进了法律：中国的成人必须赡养他们的父母。但不断强化的个人主义、快速的社会变化，以及将赡养两对老人的责任加在一个孩子头上的一胎政策，正引起越来越大的紧张感。中国年轻一代不再与他们的父母一样尊敬老人。

日本的情形如何？在20世纪中叶，日本堪称老年人的天堂。与其他工业化社会相比，日本的老人享有更高的社会地位，与社会的联系也更紧密，有更多机会与子女同住，可以经常见到子女。在那里，"孝道"与祖先崇拜结合在一起，从而产生了一个恭敬有力的家长式社会。在日本最常用的形容老年人的词是"*otoshiyori*"——"尊敬的老者"。

现在，年轻的日本人越来越对他们的长者产生矛盾性的感情。他们创造了一个新词"*kaigo-jigoku*"——"护理—地狱"，来形容那些需要照顾亲人的人们。虐待老人的案例在增

4. 年龄之间

加,虽然占人口很高比例的 65 岁以上老人依然与子女同住,许多以前"孝道"所规定的义务由社会保险承担了。

小津安二郎的电影巨作《东京物语》(1953 年)深刻地表现了这一切。电影讲述一对老年夫妇从路途遥远的故乡来到东京看望自己的孩子,但他们的发型师女儿和医生儿子都没有空接待他们,只是付钱让他们待在一个喧闹的浴室里,他们最年轻的儿子住在东京城外,也同样冷漠。只有他们孀居的儿媳妇典子用爱和尊重接待他们。《东京物语》是日本家庭在"孝道"从每日的功课变成抽象概念过程中和"现代化"阵痛中的凄凉画像。

至于"otoshiyori"这个词?今天它越来越多地用于反讽。

年轻人 VS 老年人

克里斯托弗·布克利在他的讽刺小说《焰火日》中,以一个报道佛罗里达州一次暴力示威的电视台新闻主持人开场。几百名二十几岁的年轻人聚集在一家养老社区门前,袭击那些打高尔夫球的住户。他们愤怒的目标是全国 7700 万婴儿潮退休者,他们领取着堪称奢侈的养老金,给美国经济带来无法承受的压力。年轻人聚集在一起支持一位年轻妇女的动议：政府应该向75岁以上愿意自杀的人提供奖励。

这或许是一本荒诞的现代版本的特罗洛普的《固定期》，在今天看来，与2008年小说出版那会相比，年轻人敌视、用暴力的形式反对老年人，不再那么天方夜谭。可以说今天的年轻人完全走到了对老年人尊重的反面。

事实上，对于不同世代间的不平等的想法从来没像今天这样来得如此激烈。保守党议员、英国大学和科学大臣大卫·威列茨最近的新书《拮据》，强调婴儿潮作为富裕而有强权的一代，其手中积聚了巨大的财富，导致年轻一代不得不交更多的税、工作时间长工资却更低、无力购房，并让政府负债累累。

（奇怪的是，他没有提到他自己作为成员之一的政府，还有就是他任部长的那个部门，大大地提高了大学学费，令现在的大学生无法像他一样享受免费高等教育。）

一次又一次，我们发现评论员们描绘着贪婪的老年人占据着工作机会和大房子，紧搞着商机和财产，而不是像以前多次发生的财富代际转移那样，让这些财富流向年轻人。

这种想法把**我们**与**他们**相对立，将公众政策看作零和游戏：他们得到的东西越多，留给我们的就越少。在现实中养老金被描述成一种庞氏骗局，已经一穷二白的年轻人不得不付出更多来补贴现在的老人，而且还看不到任何获得回报的前景。

老年人则陷入了"第22条军规"似的困境之中，如果他们领取养老金早早退休，那么他们就是在吸年轻人的血；如果他们在到达退休年龄后继续工作，那么他们则是从年轻人手上偷走了工作机会。如果他们买了大房子，他们则吹起了房价泡沫；如果他们从大房子里搬去了小房子，他们则是抢了应该给年轻人准备的房子。免费电视收播、冬季取暖补贴——这些都是今天就能兑现的好处，但为此买单的却是等不及明天才轮到自己受益的年轻人。

现在还有一个专门的组织，"跨代基金会"，其宗旨是"在英国政策制定中保护年轻人和未来世代的权益"。（想来其斗争对象是贪婪的老人。）它每年发布一个代际公平指数，记录年轻一代的境遇有多糟糕。

这种非黑即白的思维方式非常危险。它煽动起憎老症，并加重了老年人已经沉重的对自己成为社会负担的恐惧。而且这种想法对年轻人也没有任何好处，让他们更难以接受自己的变老，为自己将来变老和成为负担种下焦虑的种子，并让自己看上去如同生气的孩子，因为没得到自己认为该有的东西而大发脾气。

更糟的是，它加剧了如今已经两极化的对于"行乞者"是"偷懒"还是"挣扎"的争论。以前，老年人看起来可以安全地置身于关于"值得同情"和"不值得同情"的贫穷讨论之外；但现在，依据老年病学家阿兰·沃克的说法，越来越多的人认为老年人属于不值得同情的穷人。

今天，年轻人的住房和工作前景无疑是黯淡的，但所谓的"代际不公平"——因为担心越来越趋向老年化的社会将令养老金制度难以承受而在1980年出现在美国的新词——却是建立在一个扭曲了的基础之上：婴儿潮世代都很富有。现实中，老年人甚至那些"新的"养老金领取者中包括了我们社会里最贫穷的一部分。虽然这个人群里有一部分在房地产市场和股份上赚了很多钱，但也有相当数量的人没有，就像现在也有很多年轻人在经济上很富裕，但大多数年轻人没有。

笨蛋，都是经济，和政治结构决定了谁得益、谁受损；是社会阶层而不是不同年龄的人群占有了各自不同的财富。同样，也是政治主张，如撒切尔主义——而不是活在1980年的每一个人——推动了当时的私有化进程，后来的新工党继承了这一趋势，而现在的保守党政府则进一步推动和加速了这一进程。

至于"代际核算"这一概念，一种描述整个生命周期的投入与收益的资产评估表，被社会学家克罗定·阿夏斯-东弗和萨拉·阿博在《代际冲突的迷思》一书中所挑战。举例来说，参与战后重建的那一代人做出了相对很少的贡献：他们是否得到了比他们付出的更多收益呢？而那些花了好多年在家照顾孩子的妇女们呢？她们可能没交多少个人收入税或国民保险，实际上却付出好多年的无偿劳动来抚养下一代公民，这同样还包括那些赡养照顾上一代的人。

如阿夏斯-东弗与阿博所指出的，代际不平等只是不平等中的一种，与基于阶层、性别和种族的不平等相比温和得多，很少会有牢骚满腹的年轻评论员把自己无法买房的困境，拿来与几代同堂的贫穷家庭，或妇女在收入上一直明显低于男性这一事实相提并论。

在现实中，社会最年轻和最年老的成员往往是最穷的：在这方面，他们的共同点远远超过其差异。当政府将补助给了家庭中最年老的成员时，其好处往往会流向家庭里其他世代的成员。有趣的是，在那些代际不平等最少的国家，往往同一代人群内部的不平等也最少。

那为什么这些关于代际冲突的不正确而且有害的想法，在最近几年会如此流行呢？一个原因是公共支出的大幅减少：当资源有限时，对其争夺显然加剧，因此需要一个替罪羊。政府和公共养老金因此随着其他一切公共支出被妖魔化了。

老年隔离区

还有另一个因素，为现在这种恶性的争论火上浇油——在我们变老的体验中具有特别的意义：年龄隔离。种族隔离或许已经被历史所抛弃，但年龄隔离却有愈演愈烈的趋势。我们已经在我们的社会中进行了老年大清洗。在福利的旗帜下，我们控制着老年人，将他们送进托老所和养老院，将他们与家人、学校、大学、工作场所、普通医院病房和运动场

4. 年龄之间

分开,创建了一个老年贫民窟。或许过几年后,你在生活中将见不到老年人,除非你自己变成了老年人。怪不得变老的前景如此可怕。

或许我们将老年人从我们眼前除去,是因为他们不停地提醒我们自己也会变老死亡?作家和活动家贝蒂·弗里丹认为那些不能再被认为"年轻"的人应被隔离,以免他们传染我们其他人。

当然我们可以轻易地反驳说,养老院跟隔离主义并不一样——在你尚不需要它们时。我们也不是要求回到过去,"女儿的照料"被看作理所当然,而女性经济的需求和职业理想应为老年亲人的需求而牺牲。除非我们作好准备面对自己的老年,而不是把老年人看成拿走了原本属于自己的东西的人。我们有可能进行合适的全国讨论,探索我们中的大多数所希望的以什么方式照顾自己所爱的老年人,以及我们自己。

有些老人自愿将自己与年轻人隔开。让我们不要忘记"退休社区"——只允许成人居住、孩子请走开的社区。在那里,你可以确保见不到比你自己年轻很多的人。为什么你要把其他人完全以年龄为标准隔开呢?有些居民声称,这样安排的部分优点是可以保护老年人不受年轻人的歧视。然而，单就使其他人否认自己正在变老这一效果来说，它们只会令事情变得更糟。

事实上，年轻人与老年人缺少接触，不仅会让他们觉得自己永远不会变老，他们甚至还会认为现在的老年人从来就没年轻过。尤其是在现在这种快速变化的社会中，如果你不能轻易掌握社交媒介、数字设备和应用的技术，你就会被排斥在年轻人群之外。事实上，人们之所以年轻，不是因为他们能够迅速掌握这些新玩具，而是因为他们本来就年轻。在网络世界来临之前，技术水平并不是年轻人的标记；相反，老年人才更有可能积累那些应付各种局面的技巧。特别的技术或信仰并不是某个年龄人群而是某个时代的内在特征，如果那个时候你正巧比较年轻，可塑性强，那么你就有更多的机会学会它们。

但我们还是使用"世代营销"策略和其他种种手段将人们分成不同的年龄组：专门针对老年人和年轻人而准备的特别的产品和设施。有些人认为这样做可以提高生活质量，但这么做的结果却是将老年人与年轻人流放于不同的年龄隔离区内，而不是将他们融合在一个有机的社会整体中。例如，电影院常常在上午举办"老年人专场"活动，为老年人提供优惠票价、免费茶或咖啡以及茶点，难道没有工作的年轻人就不能享受这些福利吗？

年龄隔离的后果

年龄主义与年龄隔离有着直接联系：如果我们在日常生活中不能经常性地遇见老年人，我们就会在老龄学专家比尔·拜瑟威所称的我们的"概念地图"中将他们排除出去。最近耶鲁大学公共卫生学院的一份研究显示，在对拥有超过二万五千名成员的八十四个脸书小组抽样调查发现，使用"老年""老人"等词语的成员中有四分之三的人对老人有丑化毁谤之语。脸书明文规定用户禁用针对不同人群的仇恨字句，但老年人不在其中。"所有超过69岁的人都应该立即枪毙"在评论中较为典型。在那些从20到29岁人组成的小组中，超过三分之一的人宣扬禁止老年人参加诸如购物之类的公众活动。

年龄隔离否认兴趣和成见可以跨越年龄存在：无论多大年纪，你都可以喜爱雷鬼音乐或反对重启核武器项目——不要让年龄分开我们,而是要用热情将我们团结起来。所有的证据——数不胜数——都显示出年龄融合是有利的。如果我们与不同年龄层的人接触,我们的生活会更具活力,而且活力会持续更久。再者年轻人与老年人接触越多,他们对老年人的态度也越好,对自己变老的看法也越正面。

最近有一个美国的真人秀系列节目《永远年轻》,挑战对老人的偏见,该节目将五个30岁不到的年轻人与五名70岁以上老人安排在同一幢房子里。最后总是以眼泪和彼此互相感激收场,虽然那些年轻人试图教会老年人们使用新技术的挫折感与日俱增——"不过是点一下而已!"

研究证实我们对于年老的家人,如对祖母的看法,不如对陌生老年人那么模式化。当英语教授凯瑟琳·伍德华德(Kathleen Woodward)向美国大学生教授文学和老年的课程时,她惊讶于学生们将老年人分成两种类型:一种是他们熟悉的人,如祖母和曾祖母,他们并不以年龄来判断这些老人——有时候她们的年纪一点都不重要;另一种是他们并不熟悉的人,那就完全被模式化的"老年"标签盖住了一切。

4. 年龄之间

跨越年龄

我们听到过很多代际差异和妒忌，但很少代际团结，虽然已经出现了几个很不错的倡议。例如，美国的一个名为世代联合会的组织试图促进不同世代间的合作，它颁布最佳代际社区奖，这与代际公平指数真是形成鲜明的对比。

英国"奇迹的我"代际计划的领导组织，通过音乐、舞蹈、摄影、版画、戏剧，以及普通的对话和想法交换，将8岁以上的年轻人与60岁以上的老年人通过创造性活动联系起来。一位指导老师曾说，那些参加这一计划的年轻人"开始意识到自己可以从其他世代那里学到什么"。他们所举办的活动还包括养老院鸡尾酒会，针对东伦敦的养老院居民举办每月一次的鸡尾酒会。通过这个活动，一位志愿者评论道：一位老人参加者"重新学会了对话的艺术"。

"艺术车"是一个美国的代际艺术计划，它将研究生与老年专业艺术家连接起来。学生们帮助艺术家准备和记录他们的作品，在此过程中获得宝贵的教育经验。遍布全球的家庭分享计划将看重陪伴和帮助的老人介绍给无法负担住房贷款的年轻人，让他们互相帮助。在美国，"老年智慧圈"组织60岁到105岁的"网络祖父母"，向二三十岁的年轻人提供匿名建议。柏林还开启了欧洲第一个针对同性恋、双性恋和变性人的多代人群居住计划。

跨代对话曾将意大利和德国小镇中的孩子与老人召集在一起，互相介绍自己玩过的游戏和玩具，孩子们吃惊于那些老年人所表现出来的淘气。活动结束后，孩子们每次遇见老人，都会直称对方姓名来打招呼。老年人不再是一个毫无个性的群体：他们成了活生生的个体，拥有真实的过去和孩子们能够识别自我童年。

跨代友谊

虽然上述有组织的活动或倡议起到了重要作用，但非正式的跨代友谊也一样能令人耳目一新。如今大多数人只与自己年龄相近的人交往，虽然生命各个阶段都有各种东西可以与他们分享，但还是有限的——就像你在学校里听到的各种宣传一样，在那里年龄就是标记，其他年级的人要么比你高，要么比你低。［帮助建立开放大学（Open University）的社会学家迈克尔·扬认为,我们依年龄切割的文化代表了类似种姓社会:我们的出生决定了我们的阶层并将伴随自己一生。]

以 63 岁的教师露茜为例,这情形在她快 30 岁时发生了改变。"一开始我在一次抗议活动中遇见了一位七十多岁的老人,并与他和他太太结下了友谊。后来我又认识了几个比我大很多的妇女——一位已经将近 80 岁,一位 80 岁出头。而且我们之间有那么多共同点!与跟自己父母般年纪的人交朋友是很棒的事。他们与我父母并非持有一样的政治看法和观点——她们也让我意识到自己也不必在老龄后放弃现在的观点。现在我有比我大很多的朋友,也有比我年轻很多的朋友,将她们混在一起令我兴奋。我可以说,我的朋友之间的年龄差大约有四十岁。"

这一切只有在你接受了自己在生命周期的位置,不再过于羡慕比自己年轻的人和鄙视比自己年老的人后才起作用。68 岁的卡罗拉说:"我的生活在我变老后大大地改善了,所以我并不羡慕那些更年轻的朋友,虽然在同样的年纪,他们能更好地管理生活,让我印象深刻。我觉得——我希望——我让她们也不再那么害怕变老。我那些比我年老的朋友显然也在我身上起着同样的作用。"

/ Maitri House是美国马里兰州一个代际混居社区。

4. 年龄之间

作家黛安娜·阿西尔认为，保持与年轻人的接触可以抵消老年人常有的悲观倾向。观察一个处在生命开始时期的年轻朋友，不仅有趣，还能提醒自己不要把时间浪费在抱怨上。一个老年女性组织"亨氏互助"的成员雪莉说，她的儿子和他们的伴侣、她年轻的女友们和自己一起工作过的学生们"教会了自己对待性欲衰退放轻松，并对那些自己不了解的事物保持足够多的宽容。"

银发豹友会，1972年由麦琪·库恩成立，推崇年轻人与老年人的合作。库恩说："想到那些几乎没有与老年人交往的孩子，我就对世界充满恐惧。"年轻人和他们为生活而奔波的父母住在一起，生活里充满压力，她相信年轻人需要时间和对老年人生活的更深体验。但随着社会对恋童癖越来越深的担忧，老年人与年轻人之间的接触机会可能正以史无前例的速度减少。

库恩自己过着跨代生活。从她七十几岁到89岁去世，她与年轻的房友一起住在她费城的家。她坚持自己不做那些年轻人的"父母"之一，也不是为他们提供庇护。"我愿意与他们谈论自己的生活并聆听他们谈论他们的……年轻人与六十多岁、七十多岁甚至八十多岁的人交谈，就会明白艰难岁月来了又走、历史和强大的社会力量会影响自己的生活，以及生命有限。"

跨年龄的友谊和工作关系并不专指非常年轻与非常年老的人之间的合作：它指的是打开你自己，建立跨越整个年龄跨度的联系，让自己的朋友圈包括各种年纪的人——儿童、青少年、刚迈入成年的人、中年人和老年人。这将帮助我们认识自己处于永远的变化之中，以及我们可以在自己的所有年龄段中发现所有的年龄层中跟自己相似的灵魂。这种关系是驱除那种我们被无数次地灌输在生命的各个阶段会发生什么或应该做什么之类的僵硬观点的绝妙方法。将各个年龄层的人视作潜在的朋友需要根本性的思维改变。但随着我们培育与处于生命不同阶段的人的友谊，将会有助于我们理解可以从不同年龄的人身上学到东西和获得激励。拥抱不同年龄的人是拥抱自己老去这一过程的另一种方式。

种族隔离现在已被大多数人认为是反动和愚蠢的。几十年后，如果各个年龄层的人在公共与私人生活中完全融合在一起时，年龄隔离是不是也会像种族隔离一样让我们觉得过时和愚蠢？

Age and Gender

5. 变老与性别

让我们再次拜访吉娜的父母,莎拉和克莱夫。莎拉对变老的态度不再像上次我们见面时那么乐观。她的体重增加了一些,她认为这是变老的迹象,她开始担心再穿短裙会让自己看上去像"故意扮嫩的老妇人"。然后她又开始担心是不是装嫩感只属于女性,因为克莱夫和他的伙伴们依然高兴地穿着和他们二十来岁的儿子们一样的 T 恤,从来没有觉得不合时宜。莎拉正在犹豫自己是不是要做个面部拉皮——仅仅是因为她自己觉得自己看上去一直带着倦态,而且想要自己内在("我不觉得自己老")的感觉与自己的外在相符("但我现在开始关注它了")。

他的和她的

苏珊·桑塔格在 1972 年发表了一篇重要的论文,其中谈到了"关于变老的双重标准",莎拉是不是也表现了这个症状呢?桑塔格宣称妇女的生日已经成为了她肮脏的秘密。她认为变老对于男性来说比对女性"伤害没有那么大",因为对于女人来说,美貌永远被认为与年轻挂钩。因此,老年妇女一直希望保持如同少女的容貌,那些可以"成功"被认作年轻的会被艳羡。但那些做不到的老年妇女的身体被认为是一个障碍。

桑塔格认为，所有这些造成的后果就是，女性与男性相比，其"性失效期"提前很多：如果一个男人在四五十岁失偶，他几乎都会去找一个更年轻的女性续弦，但这几乎不会发生在女性身上。她惋惜，女性，默认了这一切，最后只是充满了自恨。

桑塔格显然也在解决她自己的焦虑——那些接近40岁的美貌妇女所遇到的经典困惑（她的论文发表于她43岁生日的四个月前）。她自己陷入了对老龄的几乎病态的焦虑之中，有些是社会性的，但另一些基本上来自于她个人。她似乎也没有注意到自己的年龄主义。

重要的是她观察到了关于老龄化的性别差异。四十年之后这些差别还在吗？在应对变老这一问题上它对我们有什么帮助？第一个问题的答案，在过去的四十年曲折中，男性和女性对于变老的体验变得更差、更好和不同——同时发生。

更差是因为在一个如此痴迷于身体和视觉形象遍布一切的时代，外貌被空前重视。我们被期望要在整个生命过程中

5. 变老与性别

审视、控制并美化自己的身体——永远不要嫌弃自己太老而不去改善自己,永远也不要因为自己太年轻而觉得改善为时尚早。

虽然这通常被装扮成健康问题,剥开它的外衣,下面隐藏着的是对年轻的执着。一个老到不能自理但健康美丽的身体会是什么样的呢?今天我们无法回答这个问题,因为这些性质看起来互相排斥——这是为什么我们用了"但"这个词。

当然关于性别的模式化和惯例性看法对于我们的限制贯穿于各个年龄段。2011年,一家时尚公司对大量女性进行了调查,发现了一个被称为"中年镜子焦虑"的现象:女人们对于自己在镜子中的映像感到不安,因此她们避免照镜子。50岁以上的女人只有9%乐于见到自己在镜子里的形象,而20出头的女性中这一比例是43%。我们很难判断这两个百分比哪一个更令人沮丧。不管怎样,看起来大多数女性都对自己的容貌不满意。

在出版物、电影、广告和网络的帮助下,女性终于学会了客观地看待自己,将身体与自己分开——如果不涂抹厚厚的抗衰老产品,身体会"背叛"自己。哦,对了,还有手,

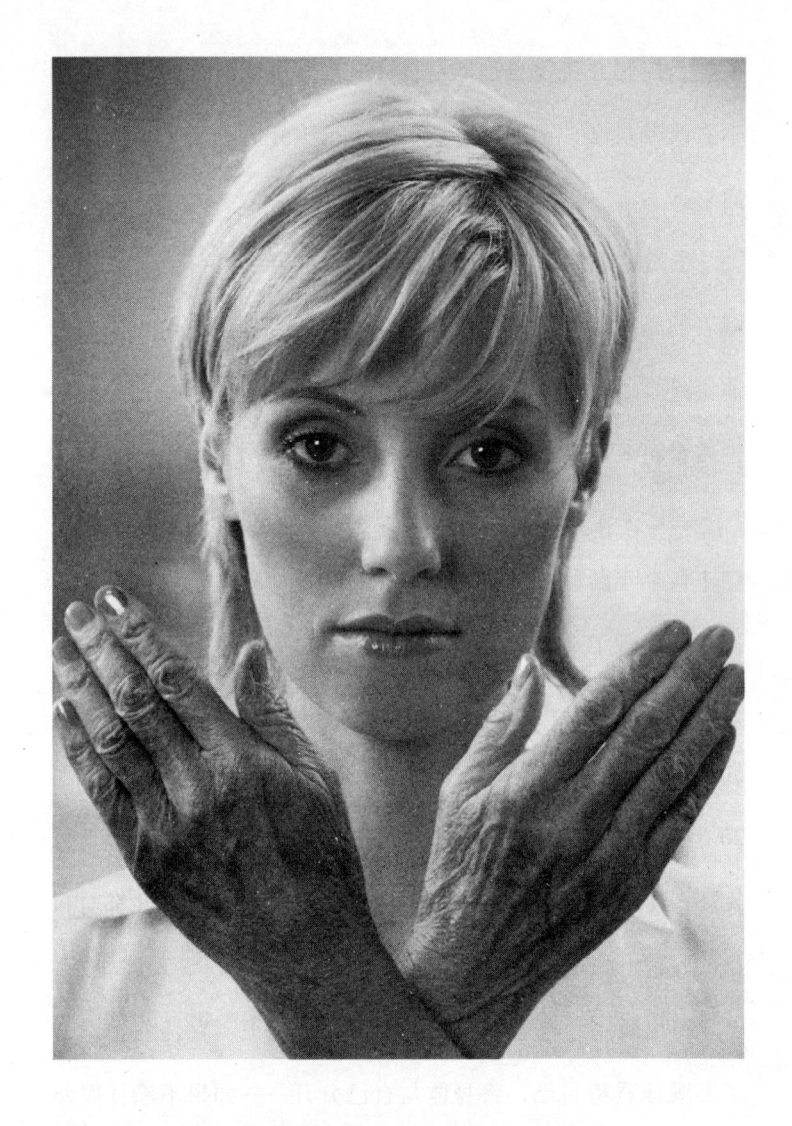

/ 看手,手!在美容博客和文章里,手被认为是暴露年龄的罪魁祸首,刻满了主人真实年纪的烙印。

手！在一些美容博客和文章中，手被描述为身体中最不忠的部位，因为它们常常会不忠于职守，泄漏主人的真实年龄。

试图不变老

身体变形症——对于自身身体和外观的扭曲感受——曾经被认为是个体的心理问题，今天却已成为文化特征。越来越多的中年女性拥有那种因面部拉皮而造成的惊讶表情——好像她们自己都不记得自己真实的模样了。

媒体也乐此不疲地聚焦年龄外表，当然以此对待名人们无可厚非。报纸、杂志、网站和博客监测记录他们的外观，评论岁月在他们脸上留下的痕迹；同时也批评那些过于"努力"掩盖年龄的痕迹。如果他们展露出那个年纪正常的痕迹，女名人们就会被评价说看上去"憔悴"；但如果她们特意与之斗争，媒体又会用诸如"年老的雪儿妄图让时光倒流的战斗失败了"或"费·唐纳薇是不是看上去有点像食尸鬼？"之类的标题以示讥讽。的确，女人——和男人——过于依靠手术刀和皮下填充的话，实际上看上去不会显得年轻，只会显露出对于变老的可悲恐惧，但这让人吃惊吗？

老年女性很吃亏，不仅仅因为她们需要费尽心机让自己看上去永远年轻。在经历了一生都比男性挣得少或中断职业去养育孩子之后，她们也更可能沦为穷人。自 2010 年以来，因超过 50 岁而找不到工作的女人远超过男人。再者，年老女性更容易成为"夹心一代"，因为她们要同时照顾家中最年幼的和最年老的成员。这一切足以让任何人产生忧虑皱纹。

年轻而焦虑

令人沮丧的是，现在年轻女性也开始担心自己变老。她们完全是从容貌的角度看待这个问题，将变老看作一个步步逼近的巨大灾难。一家护肤品公司进行过一次大规模调查，发现她们在 28 岁左右就已开始担忧"失去自己的容貌"。化妆品牌当然鼓励这种看法，这家公司专门为 25 岁以上女性设计生产了保护性的"精华"，以及针对 30 岁女性的加强版本。沃尔玛甚至还推出了一个针对 10 岁左右——8 到 12 岁——女孩的护肤品系列 Geo-Girls，包括彩妆和含有抗氧化剂的"抗衰老"乳液。既然这些成分可能堵塞她们的毛孔并使得皮肤对阳光更加敏感，那么这些产品事实上可能伤害皮肤而不是

5. 变老与性别

起到保护作用。

而且，永远有那些不安的明星们为这种趋势推波助澜。斯嘉丽·约翰逊20岁时就开始使用抗衰老产品，女影星夏瑞丝·本贝克18岁就打了肉毒素，为了使自己在出演《欢乐合唱团》时有一张全新的脸。年轻女性被这些明星的新闻和形象所包围，所以她们对变老有着巨大的担忧一点都不奇怪。2005年，住在牛津的一位16岁女孩，告诉《独立报》说，"我们年轻人在保持容貌年轻上绝对有压力，我们想要自己看起来像18岁，也试图在自己远远超过这个年纪后依然如此。"一个17岁的女孩说得更直接："我不想自己在50岁时看上去令人恶心。"所以桑塔格以女孩的身体为模板并没什么大错。

现在还有哪个明星可以像奥黛丽·赫本那样断然拒绝修饰自己的照片："不要，这些皱纹是我挣来的！"

缘由

对老年妇女的抹黑有着很长的历史。弗洛伊德在1913年写道：

众所周知，而且这也成为很多抱怨的主题，生育功能停止后的女性性格会发生奇怪的改变，她们变得爱争吵、易怒、强词夺理、贪婪小气；事实上，她们表现出在女人味十足的时期并不存在的虐待狂和爆菊的特点。各个年龄段的喜剧和讽刺作家都发起对从甜美的少女、可爱的少妇和温柔的母亲变成的"老年泼妇"的抨击。

谢谢，西格[①]。

当然将变老贴上病化的标签可以带来很多经济利益。例如，制药行业发现针对更年期的药物非常赚钱。今天，在西方国家，我们将停经与潮热，或风险增加——骨质疏松、心脏病、中风等等——联系在一起，因此用激素替代治疗被广泛使用。但这种看法并不是普遍的。在日本，对于更年期的看法就完全不同。在那里，更年期并不是人到中年的标志：潮热很少被提及（日本妇女没有这个症状，还是没注意到

---

① 西格，弗洛伊德的名。——译者注

它?),如果真的有什么更年期"病症",它们是——令人惊讶的——肩关节僵硬。

研究者玛格丽特·洛克和帕特丽夏·科弗特认为部分原因是日本女性的饮食习惯与西方女性不同。但她们的另一种解释更有趣:很多日本妇女居住在三代同堂的家庭,五十几岁的她们被认为正处于人生的高峰,承担最重要的责任。这让更年期在日本有着与在西方不同的意味,揭示了我们对于生命这一时刻的体验被自己所处的文化深刻影响着。

焦虑的老年男性

克莱夫或许不用经历更年期,但这并不意味着他对自己变老无动于衷。事实恰恰相反:他现在也已经为此焦虑不安了很长时间。国外又有了新的平等主义,曾经只适用于女性的危机已蔓延到男性身上,年纪既影响女性,同样也袭击男性。

克莱夫的焦虑来自于他读到戈登·拉姆齐在41岁通过皮下填充除去了额头和下巴上的深皱纹这一新闻。克莱夫一直认为自己的皱纹和灰白头发让自己看起来"更资深",他也注意到越来越多的与自己同龄的同事借助他们曾鄙视的属于女性领域的化学或手术帮助。他们的解释是在这个充满了小公司，特别是数字公司的时代，你需要展现自己的活力，而白发与皱纹却指向相反的方向。克莱夫很认真地考虑自己是不是也要跟上潮流。

市场上充斥着专为男人设计的产品和服务，从治秃发的"再生配方"到"一种全新的专为男人开发的能让他们皮肤看起来更年轻的抗衰老系统"。（"系统"和"开发"听起来令人不那么女性化。）"我们生活在一个面容歧视的文化中，"一位美容外科医生在2009年告诉伦敦《旗帜晚报》，"尤其是当你在伦敦市内工作，你被人以相貌评判。[在男人身上]，皱纹和白发不再代表经验。"另一个医生说，"去年，我们看到很多男性，被认为在职场多余，因此他们觉得自己会失去工作，想要变得更好看更年轻，与业界中更年轻的人们竞争。"

年老男性现在与年老女性一样成为被厌恶的对象。年迈的摇滚歌手一直被形容为"头发斑白的"，他们所创作的音乐被称为"疝气摇滚"。蒂娜·特纳精力充沛的演出引来好评如

5. 变老与性别

/ 六十多岁的保罗·纽曼：老人的白发曾被视为是成就非凡令人尊敬的象征。

潮，但迈克尔·贾格尔同样的演出引来的却是轻蔑。那些依然有性欲的老年人能否摆脱冠在他们头上的"肮脏"一词？伟哥的到来更是加强了这种印象，让他们坐实了是脑筋转不过来的生殖器崇拜者和浪荡子。虽然它真正表现出的是相反的一面：男性的性能力是一件脆弱的事。但要理解这一点需要我们抛弃太多简单的偏见。

事实上，从某种意义上说，男人因为伟哥的到来而受到伤害，因为伟哥让他们在自己老年的性事中以年轻时的自己为参照，并不得不用药物来帮助自己恢复雄风。所以如果老年女性要以年轻时的美貌加以评判，老年男性也只能以年轻人的精力来评估自己。无论你是男性还是女性，都无法接受改变，或享受自己的变老。

如果我们可以有一个不那么具有嘲讽性的关于老年男性和性方面的讨论，他们中或许可以有更多人喜爱他们更温柔和缓慢的性欲，甚至发现他们的伴侣会觉得这样更性感。

回　击

随着离婚率的上升，老年男性和女性又开始"约会"，在表现出最好的外表方面都感到有压力。普通人越来越觉得自己必须符合以前只在年轻人或名人身上才能看到的亮丽外貌的标准。不难理解为什么别人告诉我们不像真实年纪那么老时，我们会觉得是种恭维。但沉浸于这种赞扬之中只会带来短暂的解脱。从长期看，这是危险的：它们只是将我们对老去的不安往后延迟，直到我们真的看上去和实际一样老的那一天。

这并不代表每个人都同样地屈服于否认老去的压力：那些对这种常态提出疑问并挑战的人就在我们周围。像芭芭拉，一位亨氏互助的老年女性网络的成员所说：

> 我们已经习惯于通过广告商的镜头看待自己的身体，但我却从我自己年老的女性身体中发现自己独特的美。哺育过我孩子们的乳房……劳作过、养育过和安慰过的双臂。我适合于自己的身体，不再寻求改变它。我们应该学会不要拿自己的身体与别人的比较或者贬低它，或者通过别人的眼睛来看待它。

芭芭拉找到了一种可以积极地抵御美容业纠缠的方式，在这方面她并不孤单。

古典主义者玛丽·伯德每次出现在电视机荧屏上，其打扮都会在社交媒介上招来无休止的猛烈抨击。伯德回击道："白色就是我的头发颜色，我实在看不出来为什么我一定要改变它。世上显然有一种对于女性通常行为的看法，但58岁的女性看上去和我一样的，多过看上去和维多利亚·贝克汉姆一样的。"

并不是所有西方女性都把更年期视作一个需要用激素替代疗法来解决的问题。63岁的露茜回忆道：

> 我几乎没有注意到自己的更年期。我并不为此自鸣得意，因为我有一些朋友的确不那么好过。我的生活充满压力，要工作，还要照顾孩子等等，我没有时间去想那些。她们说你会感受到情绪波动，但我本来就是一个多变的人，你感觉不出差别。自那以后，我觉得自己更性感，而且我的生意也越来越好。我并不觉得这些变化一定与更年期有关：我只是更好地了解了自己并更多地

倾听自己。

真应该让更年轻的女性看看变老也可以是这个样子。

即使有那么多偏见，我们也能从中找到欢呼的理由。因为，逐渐地，日常年龄主义和针对老年女性——和男性——的歧视正浮出水面和被挑战。这么做的杰出者包括伯德和米利亚姆·奥莱利，后者在53岁时失去了自己在电视节目《乡村故事》中的工作，让位给一个更年轻的主持人，她把BBC告上法庭并打赢了这一年龄歧视的官司；还包括女演员茱丽叶特·斯蒂文森、莱丝利·曼维尔和杰玛·琼斯，她们在几年前站出来揭露年老女演员为了看起来年轻所承受的压力，她们可以参演的角色已经越来越少。英国有一个博客（www.ageimmaterial.org）讨论影响50岁以上女性的各种问题，还有"看我！女性形象和老龄计划"，后者挑战对于老年女性的模式化表现（www.representing-ageing.com）和很多其他组织。

每次针对忽视老年女性的抱怨被提出，反过来又显示出老年女性在文化上的主导作用。她们大声疾呼因为她们不想因为年龄和性别就从公众生活中退场。唤起人们对于老年女性妖魔化的注意，是她们正视接受年老的女性身体、洗脱污名的第一步。每次她们这么做，都会鼓舞别的人一起拒绝那种变老就是自己人生耻辱的观念，不再把挑战憎老症看作无法完成的任务。

这些并不是心灵鸡汤之类的书中鼓舞人心的标语。只要研究一下任何带来社会变革的成功运动，你就会发现它们都始于这个过程，即确认目标和摆脱耻辱。这也是为什么现在好过桑塔格撰写她的论文时的1972年，虽然化妆品行业依然不停地喷出毒气。但在那时，桑塔格几乎是孤军奋战。

今天，当多弗为《真正的美人》作宣传时，使用的是超过50岁的女性，该节目是全国记者联盟帮助成立的一个的组织，旨在唤醒人们对于媒体中常以有限和伤害性的方式代表年老女性的认识——正如你知道的，这虽然缓慢和微小，改变却已经到来，那些抗议、争论和宣传能够产生效果。积极参与其中能让你感觉到自己并非被动的广告接受者，提醒自己各种年龄的其他人如何拒绝那些隐含着年龄主义的宣传。

5. 变老与性别

变老的心灵

从另一个角度看，事情也已经得到或正在改善。逐渐地，流行文化意识到爱情不是年轻人的专利。心理分析师玛莉亚·翁泽评论，"我们身体中有一样东西不会变老，我要称其为心灵。我说的不是作为器官的心脏，那显然会变老，而是爱和希望的能力。我所指的心灵是那种确保人类生存的难以描述的、无法理解的力量，那种斯宾诺莎神化为天然发生力的东西：初生的能量或生机勃勃的努力。"

卡罗拉已经68岁了。她确信自己"与二十、三十甚至四十几岁时相比，现在的自己更懂得爱情。那时我过于以自我为中心，难以真正关注另一个人。而且我也比较不能原谅别人。现在我能更好地欣赏我的伴侣的各种优点并对此充满感激。"

性

老年妇女自很久以前开始就被与性撇清了关系，部分原因可能是因为我们将她们与自己的母亲相联系，性成为了禁忌。但电视节目如《欲望都市》里的欲女史蔓德展现了针对老年女性性态度变化的信号。其扮演者金·凯特罗尔坚信"性感没有年龄界限"。终于，大众媒体抓住了这个关于年龄与性的焦点，现在每一秒钟，都有报纸或网站讲述一个三十或四十多岁的女人与比自己年轻的男性交往的故事。配以"熟女"的标记，她又被变成一个新的模式化形象及各种笑柄素材，好像各自的年龄是一对男女间的最重要的事情似的。

最近在英国进行的一项研究发现，在现实生活中，性关系远比那些想当然的观点来得持久，从50到90岁的人群中的大多数依然性事活跃。麦琪·库恩曾有个著名的建议，敦促寡妇们寻找年轻的情人或与其他女性发展关系。在银发豹友会中，她说："我们希望机会能同时向男女两性打开，来建立深刻的友谊和爱情关系，直到死翘翘。"库恩自己在76岁时依然保持着和一位21岁的男人之间的性关系。

女性网络亨氏互助的成员雪莉，漂亮地描述了自己在近60岁时向一个比自己年轻的情人展露自己身体时的焦虑，但慢慢地，令她心满意足的性体验所带来的快乐驱走了原先的焦虑。68岁的卡罗拉觉得自己现在的性关系与年轻时相比更强烈，因为她变得更开放，不再像从前那样害怕被自己的感情淹没。这些女性挑战了那种认为性是年轻人特权的看法。

或许我们应该向地中海沿岸国家，如法国学习，那里的妇女看起来能享受到更长久的性爱。我们常常看到年老的法国、西班牙或意大利妇女看上去能以雅致和舒服的态度面对自己的皮肤、皱纹等等，似乎并不在意自己应该远离人群。有人在18世纪问起德国巴拉丁公主在几岁时性欲消失，她的回答是："我怎么知道？我才80岁。"

或者我们应该听从阿加莎·克里斯蒂的建议，她建议女人应该像她一样嫁给一个考古学家，因为这样他就会觉得女人越老越美丽、越老越有趣。

性的变化

变老，如我们所看到的，既有变化，也有延续。一个有趣的新现象是，老年人不再相信，仅仅因为其长久的持续时间自己就需要忍受这段关系。越来越多五六十岁的人离了婚，有些婚姻持续了数十年，有时候一次生日或一场疾病，会让他们问自己"这就是一切吗?"或"我是否还来得及开始一段更丰富的爱情?"现在甚至出现一种新的出版体裁:"母鸡-文学"(hen-lit),将此现象写成小说。许多这样的所谓"白发分离者"变成了"白发受苦者"(现在"白发""银发"显然已成为流行词语),成为网上约会的顾客。

另一些人,经历了一辈子的异性恋之后,发现的同性关系的美妙和满足。还有一些想要建立一种性关系而找不到伴侣的人。有些人很俏皮,简·加斯卡在《纽约书评》上打了个广告:"明年三月我就67岁了,在此之前,我想与一个我喜欢的男人做许多爱。如果你愿意先谈谈,我们可以先从特罗洛普开始。"

危险总是存在,老年的性成为新的常态——被迫的,而不是自觉自愿。但许多女性赞同作家黛安娜·阿西尔,在她早年生活中性占据着中心地位,随后欲望平静地消褪,并未给她留下遗憾。有些人觉得性欲的消失给了自己解脱的自由:在经历了一辈子的照顾他人感受之后。她们只会对自己终于可以将自己的需求放到第一位,品味自己的快乐充满感激。让我们一起为庆祝那些能够享受年龄带给她们自由的快乐,包括可以穿松紧带裤子和舒适的鞋子，舒适终于战胜了时尚。

再怎么强调也不过分：当我们变老时，彼此变得更为不同，而不是相似。没有一个变老或更好地变老的模板，最好的方式就是我们自己的方式。

还有爱

性常常绑架公众讨论，将许多种除了性爱以外的爱挤得无处容身。然而性爱之外的爱和爱的其他方式的可能性随着我们年岁增长变得更为宽广。例如，祖父母常常反映对自己孙辈的感情之强烈——和温柔常使自己吃惊。

越来越多的男人和女人意识到他们太在意性关系，然而随着自己变老，其他形式的爱，如亲密的友谊可以同样甚至更持久。妇女运动使女性之间更有可能感受亲密之情，而不是把其他女性视为竞争对手。当然，这一切并没有完全根除竞争和妒嫉，但这些变化令女性可以享受与其他女性之间的爱和无性——和有性——的友谊，并创建一个至死方休的可以互相支持的网络。第一个英国老年妇女共同居住计划预期在2015年开始，它是一种在保持独立女性的同时又解决孤独的全新尝试：它的第一批居民，现在年龄从50岁到84岁将租下自己的公寓但同时拥有公共区域，并且互相照顾。

所以，虽然在某些方面，在苏珊·桑塔写下关于双重标准的论文之后，变老对于女性来说变得更为艰难，特别是由于焦虑看起来到来得越来越早，而在另一些方面，变老变得容易些了，因为更多的女性开始注意那些模式化和歧视。桑塔的论文发表以来另一个变化是老年男人也开始意识到年龄主义的偏见。或许，随着时间流逝，我们将广泛认识到男性和女性都会被对于老年人的模式化看法所伤害，虽然方式不同。或许我们甚至会看到老年男性解放运动的兴起。颇能说明问题的是，如果你现在搜索"老年男人"的话跳出来的结果是与老年男人约会的网站。

这对于我们自己的变老有什么帮助呢？如同历史一样，对于性别：我们对年龄主义者的想法如何影响我们自己的思想和行为了解越多，他们对我们的控制就越少。例如，如果你意识到在多大程度上女性被以外貌评判而男性被以力量评判，你就会在告别十几、二十几岁时相对轻松地适应并挑战这些认为当女性失去容貌和男性失去力量就意味着走下坡路的模式化看法。我们也不要自欺欺人,这是一个持续一生的努力,它也需要与别人协同完成。但是当我们开始找出那些丑化和偏见时,我们就开始吸收并了解它们的社会性本源,它们会变得更容易防范。这可能会使变老变得更自由——更让我们成为自己。

A Very Short Chapter on Death

6. 关于死亡的短章

6. 关于死亡的短章

自 1951 年以来,没有一个美国人死于年老。那一年,在死亡证明上的死亡原因这一栏中"年老"这一条目被删除了。从那时起,你只能死于某种疾病。在英国,医生也被建议避免以"年老"作为唯一死因,除非有特别特殊的原因。

这种变化可能看起来是件好事:显然它帮助我们不再把年老看成是死亡的前奏。难道我们不应该对那种是疾病而不是年老终结我们生命的想法鼓掌欢呼吗?但当这种转变发生时,从表面看,它反映了医学的进步,已知疾病的原因和后果变得更复杂。但割断年老与死亡之间的联系只是另一种对死亡否认与拒绝的表现而已——死亡意味着必须埋入地下,不仅仅是字面上的含义。甚至,在美国和英国,在死亡证明书上只把"自然死亡"列为死因已成非法:这不仅促使了我们在"年龄之间"一章中讨论过的将年老疾病化,而且还将死亡看作一种非自然现象。

除了憎老症,我们的文化还得了死亡恐惧症,对于死亡有着异于寻常的恐惧。与老年一样,死亡也被我们从社会中隔离出去——更多人死于医院或养老院,而不是自己的家中。这种态度推波助澜地加深了我们对死亡的恐惧。死亡已经成为一种禁忌，孩子们常常因"这会令他们不安"的理由被排除在亲戚葬礼之外，哪怕他们常常在后来为自己没有机会向死者告别而表示遗憾。

拒绝死亡

在西方国家，死亡常被视为医学的失败而不是生命不可避免的一部分。奥布雷·德·格雷在其厚达377页的《结束变老》一书中，只有一处提到死亡。新纪元（New Age）老将狄巴克·乔布拉邀请他的追随者去开拓一块"老年、衰老、虚弱和死亡都不再存在，甚至其存在的可能性都不被提起"的乐土。能在哪里找到它呢？世外桃源？在高度个人主义的文化里，死亡看起来变得完全由个人单独面对，成为个体顾影自怜的伤口，以及对个体自我袭击的利器。这影响了我们塑造自己对于变老的态度。

年老与死亡代表了现代社会以为可以根除的一切事物。老年人的所作所为无法被原谅，因为他们对自己日益虚弱的身体毫无控制。他们否定了认为人体可以无限锻造的看法。这是对我们自己将要面对的无助和无可避免的死亡的可怕提

6. 关于死亡的短章

醒！为了让人类全能这一观念得以宣扬，我们必须惩罚和羞辱那些让我们失望的人和事——让他们因年老而耻辱。对于你自己生命有限的认识越是拒绝，你就越容易接受年龄主义者的观点。研究者们发现，那些有着较高程度"死亡焦虑"的看护人员，对于老人的负面态度更为明显。

承认死亡

还有另外一种对待死亡的方式，能让我们更容易接受变老：令人惊讶的是，我们需要更多而不是更少的对于生命短暂的思考，并将其融入我们日常生活中去。死亡应该陪伴我们的一生，而不是潜伏在一旁，只在生命终点跳出来吓我们一跳。病态？不，佛教就是这么认为的。

缪丽尔·斯帕克出版她的小说《记住你终有一死》时只有41岁，但她显然已懂得这点。书中所有老年人都受到匿名电话的骚扰，打电话来的人永远只以平静的语气说一句话："记住你终有一死。"但其中一位泰勒小姐说"较大年纪"的人们开始意识到自己会死，"最好在年轻时就养成这个习惯。"另一个人物亨利·莫泰马说得更犀利：

如果我再活一次，我要养成每晚思考自己死亡的习惯。我将练习记得死亡。没有其他方法能让活着的感觉变得更强烈。当死神降临时，那个人不应感到吃惊，它应该是生命中始终期待着的一部分。如果我们没有时时刻刻意识到死神的存在，生命将变得索然无味，那感觉比你每天只吃蛋白更糟。

练习记得死亡：这是个不错的主意，非常有道理。美国诗人梅·萨藤乐于此道。和她其他文字一样，她用词简洁："一个人必须以濒死的方式生活——当然，我们都如此——因为只有这样我们才能清楚地看到什么是最重要的。"

慢慢习惯我们自身生命的短暂不是一件简单的可以一蹴而就的事——它将伴随你一生。当然，死亡令人害怕，会给我们带来事关自身存在的恐惧。如同伍迪·艾伦所说："我不害怕死神，我只是不希望它降临到我身上。"接受死亡牵涉到某种意义上的哀悼——为自己。它也有可能激起愤怒，因为生活让自己失望，也因为我们让别人失望。（所以我们需要尽

6. 关于死亡的短章

/ 尽管《记住你终有一死》出版时缪丽尔·斯帕克只有41岁,她已经意识到我们需要让死亡陪伴在我们整个生命里程之中。

早开始这个过程，留给自己足够的时间来作出改变。）它要求我们放弃自己是万能的这一想法，而是要直面有限的人生。这需要心怀谦逊。

虽然我们都孤独地死去（即使我们死于战争或坠机，也是个体独特的事件），试图与他人一起接受它会让自己感觉不那么孤独，其困扰也会小一些。一些有趣的新的运动正为此而生。在"死亡咖啡馆"活动中，人们聚在一起，在放松与安全的环境中探讨死亡、喝茶和吃蛋糕。他们并不提供丧亲后的安慰与支持，它的目标是"增加对死亡的意识以帮助人们更好地过好自己（有限的）一生"。在英国、美国、加拿大、澳大利亚和意大利大概有一千人参与了这样的咖啡馆讨论。

还有一个组织叫"好死会"，2011年由殡葬师兼作家凯特琳·多尔泰在洛杉矶创立，宗旨是将对于死亡的现实讨论引入流行文化中。对于身体分解的兴趣令多尔泰处在了这类组织中比较怪异的一端。但她想要通过正视人类的恐惧而把死亡变成生命一部分这一想法并不出格。好死会网站上的评论显示还是有很多人愿意以这种态度拥抱死亡的。

6. 关于死亡的短章

麦琪·库恩曾经鼓励人们创建一个始于自己出生的人生线路图或人生回顾。当她还要求他们填上自己所认为的死亡时刻时，听众都大为吃惊。她还是坚持认为这样可以帮助他们对自己的死亡保留自觉的意识。一旦你开始真正意识到自己终将一死的事实，年老变得不再那么可怕：它意味着你还没死呢。

"当人们在变老过程中无法前瞻的话，只能回顾，"拉比扎尔曼·沙特·萨罗米认为，那些人所看到的一切都是过去，但如果我们能够"克服对死亡的恐惧，我们将找回浪费在拒绝死亡中的能量，我们将体会到具有开拓性的能量流过我们的身体、心灵和神经系统，将自己浮升起来。如果我们可以正视那些通常令自己恐惧和沮丧之事，我们会觉得面对一切时自己变得更轻松、更自由、感觉更灵敏、认知更具活力。"

从另一个理由来看，这也是未老之人最重要的任务。在死亡并未迫切到来之前，我们越是接触它，就越不会将老年人与死亡联系在一起。年老将不再成为死亡的代名词，而是活着的象征。

当我们到了他们的年纪时会得到回报的。

Arc of Life

7. 生命的拱门

7. 生命的拱门

2013年推出的为玛丽·居里癌症关怀制作的广告片《对称》，几乎获得各界一致的好评。该片将孩子迈出的第一步、第一个生日、第一次剃须、第一次慌乱的接吻等感人的时刻与最后的体验———对夫妇最后一次温柔的抚摸、最后一次剃须、最后一吻交织在一起。字幕打出："你最后的时光应该得到与你第一次一样的重视。"虽然是为了让人们有良好的临终关怀而作的募捐诉求，但该广告也被视作打破关于死亡禁忌的可喜尝试。

它还在另一个不那么明显的方面展现了创新：它呈现了人的整个一生。导演汤姆·泰霍姆指出："该片将死亡置入不同的背景之中，生命的背景。"将此与2000年波士顿科学博物馆的一个展览比较，在一个只对15岁以下孩子开放的展位中，参加者拍下自己的照片，按一下按钮，模拟开始，从现在直到69岁时每一年自己的样子都被模拟出来。计算机加入了各种各样的眼袋和斑点，将他们的脸变长、皮肤松弛下垂，显露车辙般的深沟。男孩们掉了头发。"没有谁看上去好看，"文化评论家玛格丽特·摩根罗斯·古利特说道，"更不要说幽默、令人满足或美丽了——那些软件工程师所采用的算法显然认为'年老就是丑陋',怪不得那些孩子出来后浑身发抖,喃喃道:'我不要变老。'"

波士顿的展览所采用的是一整套广泛传播的文化信念,这些信念使我们无法将自己的生命视作一个单个有限的整体。它将孩子推离未来的自己,鼓励他们不要将自己固化在某个特定的年龄阶段。欢迎来到一个对抗衰老的世界:当这些孩子长大时,他们将遇到害怕自己变老的更多理由,令他们更难以一个整体接受自己的一生。

作为整体的一生

生命跨度或生命周期的概念已变得离我们越来越远。提出人从婴儿到晚年经历八个不同的心理成长阶段的心理分析学家爱利克·埃里克森认为每一个阶段都很重要。"当我们到达〔老年〕这一最后阶段时,我们意识到我们的文明的确没有采用那种生命就是一个整体的观念。"

埃里克森认为,最后那个阶段提供给我们一个机会来建立一个统一的自己,可以从过去的历史中获得原料(良好的回忆、经历和成就),依然充满活力地参与现在。它给了我们一个机会将自己的一生看作一个整体，接受它的意义、目的和形状，而不是将其视为一系列分隔开的原子化的阶段。

在我们到达老龄前就以这种方式重新感受我们的生活有另一个重要理由。与我们未来的自己建立联系能让我们更早培养那些能在未来更好地服务于自己的资源，这些资源包括发展新朋友来代替那些离去的老朋友，优雅地接受帮助，将内在资源看得至少和外在资源一样重要，以及学会放弃。没有这些早期努力，我们将不得不在面对老年时失去那些让我们在晚年幸福生活不可或缺的能力，到那时再培养这些能力会很难（虽然不是完全不可能）。

发达工业社会和市场中最看重的价值——对于生产率的单一注重——恰恰是对变老最没有帮助的因素。那些在早年以那种认为自己永远不会变老的方式生活的人们，常常会发现退休或失去自己专业身份是种灾难：他们未能培养那些持久的性格，虽然他们平日里多么抱怨工作的缺点，当工作带来的支撑结构消失以后，他们得到的却是失落。

年轻的自己

　　还有一个迫切的理由要求我们再次建立年轻和年老的自己之间的连接：因为它们本质上就是缠在一起的。例如，研究已经发现，早年孩童时期的营养不良会导致老年的高血压。另外，伦敦国王学院的研究者发现当我们出生时就已存在的二十二种分子与我们年老时的健康状况有关。我们变老时情感上的抵抗力与我们最早期时受到的照顾情况相关。在生理和心理上都存在生命两端生动的联系，当然这也会影响到在这之间的一切。

　　虽然我们生活在以年轻为标杆的彼得·潘文化之中，我们依然需要重新对待年轻人，因为他们同样为年龄主义的想法甚至抗拒变老的文化所苦。例如，以牺牲老年人为代价的年轻人理想化掩盖了做一个年轻人有多艰难。（如果年轻人无法表现得达不到我们对他们无法满足的期待时——当然他们做不到——他们会被妖魔化为"未驯服的"。）年轻人与老年人两极分化，居于其中的年龄段也被模式化看待（"中年人"充满了各种含义，大多数都不是什么值得羡慕的意思）。这一切扭曲了人生本就无可避免地充满变化的事实。

未来的自己

一种开阔自己视野、看到整个生命跨度的方法，是认可老年人。无人可以超越卢云神父对此作出的精彩描述。他将变老视为人类进程中最本质的过程之一，如果否认这点，带来的将是极大的伤害。他与人合著的一本薄薄的小册子《变老：生命的成就》，出版于1974年，这位出生于荷兰的天主教神父激励我们打破人为的代际隔阂。我们必须抵御让老年人承担变老责任的诱惑，他热情地宣讲，因为这种方式否认了我们自己其实也处于这个过程之中。相反，他要求我们"允许老年人治愈我们隔离主义的倾向，将我们与变老的自己亲密接触"。

在年龄主义文化中，这并不是一件易事，但为了尊重变老过程，他坚持道，我们需要"令自己体验老年……［允许］老人活在自己存在的中心。"这是人道和共鸣的深刻体验，会打开让情感迅速成长和成熟的大门。但如果我们拒绝老年人，因为他们让我们想起了自己的短暂生命，我们就无法走出这一步。

拒绝柔弱

另一种让变老过程不那么可怕的方法是重新捡起一些已被自己抛掉的认为只属于老年人的脆弱感。这是我们大多数人用于减轻自己对我们每个人都处于变老过程之中，每个人都会死，没有逃脱可能的认知的最重要心理机制之一。我们对存在于包括青年在内的生命各个阶段的弱小和脆弱的自我感觉视而不见，而是将其转移到老年人身上。于是老年人不得不承担起生命脆弱的极大负担——包括属于他们自身的与原本属于我们的——怪不得他们永远被描绘为拄着拐杖或是助步器。在这种重压之下又有谁可以充满活力地昂首阔步？

奥斯卡·王尔德在《道连·格雷的画像》中为这类心理"分裂"创造了最生动形象的例子：其中的画像带上了那位自恋的年轻模特无法忍受的岁月留下的各种痕迹。

此类投射是造成虐待老人的原因之一：对自身不被喜欢的部分的割离，将其归于他人，然后就能以不伤害自己的方式消灭它。这种割离也会采取现实行动：德国正向东欧和亚洲的退休和康复中心"出口"——有些人称其为"驱逐"——

成千上万的老年人和病人，因为那里成本低。这是名副其实的"拒绝"老年人。

不难想象造成这些现象的原因。无能为力可能是我们现在最难以忍受的状态。我们的文化以赞赏（常常也是有益的）的语气谈论"能力"。而在这个过程中，我们忽视了学会接受限制、弱小、无力和依赖的重要性，但没有人可以终其一生却不受其苦。

那些否认变老的人将伴随着自己慢性疾病、行动不便的痛苦和限制从第三时代移入了第四时代，以使自己可以在更长时间内不被注意，保持安全。但将所有的衰弱都堆积在人生的最后几年让变老变得更加令人害怕。老年人"背负"上了尚未变老的人的负担——所有的衰弱都由他们承受，余下的我们因此不再为其所苦。他们成为了被迫感到自己成为负担的一群人。

互相依赖

但越来越多深思熟虑的人找到了更根本和更激动人心的看待衰弱的方式：它们挑战了我们看待依赖性的传统思维。

美国活动家芭芭拉·麦克唐纳是第一个对自己关于身体力量和柔弱的看法进行反思的人。那是在1978年她65岁时参加一次在新英格兰举行的一次游行时开始的，一个负责保存队形让队伍前进的纠察队员看到了麦克唐纳的白发和皱纹后告诉她，如果她跟不上队伍，可以去队伍的另一边。一开始麦克唐纳感到震惊和不安。然后，她陷入自我挣扎，告诉自己身体衰弱并没什么大不了的："就算现在自己还不是这样，终有一天自己也会变成这样。如果我为自己现在的体力骄傲，那也只是虚假的骄傲，而且……在未来我将为自己的虚弱感到羞耻。"

银发豹友会更进一步，拒绝存在于自立与依赖他人的人们之间的虚假对立，而提出互相依赖这一观念。麦琪·库恩阐述道：

> 我们认为作为人类的一员我们是无法脱离他人只依靠自己存在的，我们互相需要。我有关节炎和愈来愈差的视力。这两种状况……让我的生活变得更复杂……我对别人说："帮个忙吧，我能拉着你的手走上楼梯或走下

7. 生命的拱门

台阶吗？"我学会不为自己寻求帮助而自轻。相反，我从中感受到人们之间爱心的感染：我抓住你的手，带来了回报，那种回报充满温暖和肯定。

一些人在这方面强于其他人。心理治疗师玛莉亚·翁泽看到很多老人在将自己的身体托付给他人照料时充满优雅而不带丝毫的尴尬或羞耻，就像是他们帮助他们的照顾者来照顾自己。

最近，美国人类学家玛丽·凯瑟琳·贝特森鼓励我们将给予和接受看作是一个单一行为模式的两部分，而不是对立的事物。在美国，她说，对于需要帮助有着太多歧视，因此我们很轻易地就看不起那些寻求帮助的人。当经济学家谈论"依赖比率"——年轻人抚养一个老年人需要多少工作——他们掩盖了所有人类关系赖以存在的互惠性，因为在人类的任何活动中都存在着各个方向的交换。难道医生就不需要病人，并从中学习吗？喜剧演员也一样依赖观众而生存。

这些对于我们应对变老的恐惧又有什么帮助呢？将那些原本属于所有人但被我们强加到老人头上的对于不安全和衰

171

弱的焦虑拿回来，学会忍受依赖性而不是将我们对它的恐惧加诸老人——这是对我们未来老龄的自己的一个善意姿态！它让我们得以重新看待老年人，不只是将他们与死亡和行动不便相联系，而是看重其代表生命的延长。它让我们认识到成长和心理进步并不是我们生命早期专有，而是贯穿于我们整个生命周期。

失去和得到

在生命的各个阶段，包括老年本身，我们都需要为老年做准备，尤其是悲哀与感激。埃里克森认为，老年是放手的时间——朋友、过去的角色、甚至是早年所拥有的财富。但就是在生命的早年，我们也需要放弃一些东西来给其他东西足够的空间发展和前进。这种损失和告别就像丧亲之痛，而且在我们一生之中会一次次发生，特别是在产生巨大变革的时代。我们需要承认它，为它悲伤，如果这种悲伤并不会阻止这种变化的到来的话。这是我们在变老过程中必经的"成长任务"之一，发生在所有年纪之中。

意大利电影导演贝纳多·贝托鲁奇六十几岁时在罗马摔

7. 生命的拱门

了一跤，手术失败令他无法走路。他觉得自己可能无法再执导影片了，但在"我接受了这个现实之后一切都改变了"，他意识到在轮椅上"自己甚至可以依然感到幸福"，他最近的电影作品于 2013 年公映，那年他 73 岁。

悲伤创造了一个感激可以在其中生长的空间——针对自己依然拥有的事物，或者对于代替失去的旧事物的新事物的感激。这种对小事和大事一样充满感激的能力，如果不是自然就有的话，需要培养。我们可以嘲笑那些永远赞扬"一杯好茶"的人，或那些每晚上床后回顾自己的一天，搜寻可供自己感激的事的人们。这或许看上去很机械，但如果经常性地实行，学习对他人放低姿态、感到自己微小的幸运和躲过了不幸表示感激真的是一种非常有用的习惯。

百折不挠的剧作家和分析家弗洛丽达·司哥特-麦克斯韦尔绝不缺少这种习惯。她在《我的寿数》中对于变老的真实描述充满渴望、激情和见地。虽然体弱多病，但这并未颠覆她的存在。疼痛的消失变成兴高采烈的理由："今天早晨当我醒来时，就知道自己度过了一个不错的夜晚，我的疼痛还不算厉害，我躺着，等待自己拉开窗帘时感到鼓舞的那一刻到

173

了,我见到天空,为自己能够大声说出'我亲爱的,亲爱的又一天'而感到惊讶。"

激进的老年人

在英语里,与年轻相对的年老一词的另一个含义是与新相对的旧。这就将老年人与一切守旧保守的事物和观念联系在一起。多大的误会啊!

麦琪·库恩看老年人的视角完全相反。作为社会变革的先导,他们是社会的未来主义者——尝试新的工具、技术、观念及生活方式。她认为,老年人先天适于担当社会团体的监督者,保护公众利益,鼓吹消费者权益,监视并警告公司权力。他们不仅是过去的保护者,更是未来的受托人。这与我们通常赋予老年人的漠然畏缩形象截然不同。

格劳乔·马克思有一句著名评论:"后世子孙与我有什么关系?他们对我有过什么帮助?"但老年人越来越多地为他们的后世子孙奔波。努力设法留给后代一个更美好的地球。当然,他们也特别胜任这份工作:因为他们记得迟到的感激所带来的感受,他们的经验告诉自己没有过分消费,生活一样

7. 生命的拱门

可以舒适和有趣。那些经历过第二次世界大战的人也记得如何烹制模拟梅酱布丁或模拟鸡蛋，更不会忘记在香蕉成为稀罕物的时候吃到它们时的味道如何美妙。

如果我们真能毫无偏见地审视老年，我们可能会不忍看到真相。我们常常听到老年人是受照顾的对象，但从来没有意识到他们也是巨大的照顾提供者。据《全国人口调查》（National Citizenship Survey）显示，65岁至74岁的人口中30%常年提供志愿服务，75岁以上的人群中这一比例是20%。志愿服务构筑了福利接受者和提供者之间的桥梁：它使人们在解决他人的社会隔离问题的同时也解决了自己的同样问题。令人激动的是越来越多的志愿者组织意识到甚至虚弱的老人和相当程度的残疾人也能通过足够的灵活性，被招募为志愿者为他人提供服务。

老年人充足的时间看起来足以弥补他们略显不足的精力。智库ResPublica 2011年的一份报告发现，对于民众活动——作为地方事物委员会成员、学区管理员或地方治安官——75岁以上的老人同26至34岁之间的年轻人一样活跃。老年人提供志愿服务的一个原因是个人成长，甚至那些90岁的老人也积极参与。以这种方式变老看起来并不赖。

对痴呆的恐惧

除非你已经看到阿尔茨海默症已在下一个拐角等着向你攻击，否则没有必要让它影响到我们乐观的讨论。老年痴呆看起来就像是老年人的标记，虽然年老并不是它的病因，而且它也并不是变老过程中必然的阶段。最严重时，其症状极为悲惨。这一绝症——抹去所有的记忆，以及患者无法学习新东西——不仅夺走痴呆患者的过去，还夺走了他们的未来。实际上，虽然他们的认知能力和复杂记忆受损，但他们身体、情感、技能和艺术方面的记忆力通常不受影响，依然保持敏锐。

如今有许多全新计划专注于刺激那些各种不受影响的技能。一个叫阿尔茨海默艺术家计划让艺术家与患者分享自己的作品。他们还组织参观博物馆，如纽约现代艺术博物馆和卢浮宫等：参加这个计划的患者不仅对他人的艺术作品有相当的敏感度，同时自己也进行具创造力的艺术创作。

在养老院和日托所中开展的音乐人生计划中，职业音乐家与患者一起即兴演奏。其他计划还通过与患者的交谈制作了令人惊异的诗集：他们通过隐喻的方式交谈，语调中交织着欢快、机智和绝望。像约克无制约痴呆计划则注重规划痴呆患者宜居城市，因为他们相信对于痴呆病人有益的东西对普通人也一样有益。难以置信地，有证据显示心理分析可以帮助痴呆患者和为其提供照顾者共同获得某种方式的心灵平静。

这些计划通常将处于人生不同阶段、不同年龄的人带到一起，提醒我们生活在一个共享的人世之中——也都拥有同样的脆弱。

满足地变老

阿尔茨海默症患者众多，但在所有老年人中所占比例还是少数。美国进行的三个大规模调查显示，大多数老年人没有大脑疾病，能够在直到去世前不久都能维持相当的健康状况。与大众相比，他们往往更不容易抑郁，绝大多数都没有因疾病而无法自理。相反，哈佛大学进行的成人发展研究发现他们中的大多数都能不停地重塑人生，不会对自己为何而生感到迷茫。即使他们患病，他们对自身状态的态度往往依然比他们身体的实际状态在康复中所起的作用更为重要。

变老无可避免地会带来损失，常常伴随着体力上的衰弱，但那些依然保持对生活投入的人能维持更正面的积极与消极比例。那些能够更好地度过晚年的人不仅关心自己能够给后世留下些什么，更能够保持从他人身上学习，无论对方比自己年长还是年轻。

这不是我们从小就学到的需要害怕的老年生活，而是如叶芝在《航向拜占庭》中所描写的：

一个老人只是

挂在棍子上的一件破衣裳

除非灵魂拍手歌唱……

我们如何鼓励自己的灵魂歌唱呢？或许意识到我们的灵魂在任何阶段都需要哺育是一种方式，而且，我们需要远在自己到达老人这个阶段之前就开始这种哺育。如果我们能够在直面自己变老的焦虑之余，还能从这些对变老的不同视角中获得一些养料，如果我们能允许自己变老同时拒绝对于变老的迷思，我们所收获的将是无价之宝：在整个生命过程中正确安置自己的能力，将自己整个一生作为整体进行审视，无论其长短。

那些鼓励我们与变老斗争的人们实际上是要我们停止成长和发展。通过这种方式，他们剥夺了我们经历并成功实现作为一个人类完整生活的机会。无论是作为个人还是作为人类整体，我们被婴儿化了，我们应该坚持自己成长的权利。

许多人认为有人可以教会自己变老。当然我们必须教会孩子们他们不可能一直保持年轻：教育和辩论能鼓励他们认识在人生不同阶段的自己——既非老朽不堪，亦非全知全能。这个过程能够帮助孩子产生与包括老年人在内的不同年龄人群之间的共鸣。更好地开发这一交流的方式尚未被发现，但随着越来越多的人活到高寿并与生活紧密接触——前瞻性而不只是回顾——各种创新计划和社区将会逐渐出现，来帮助我们在整个一生中维持埃里克森所称的"生命交流"，而不仅仅限于最初的阶段。

或许有人会设计出一个摄影棚，让孩子可以将自己投射到未来，获得圆满、机智、魅力十足、心满意足的形象——在任何年龄段都如此。

结 论

吉娜现在怎么样了？与我们上次见她时相比好多了。因为她读了这本书：有人送了她这本书作为30岁生日礼物。没有封面。她知道读书并不会改变人生（只有作者认为相反——也只是在下笔之前而已），但它可以触发一些新想法，吉娜有了一些新想法，特别是在她祖母最近过世之后。

贝蒂过世时91岁了。她是个充满活力的女人，直到生命的最后时光依然保持优雅，而且随着年龄增长，她变得更宽容而不是更偏激。

吉娜爱她的祖母，在她的葬礼上下了三个决心：

1. 决不对任何人说"她以前肯定很美丽"，这种说法听起来像是把年老看成一种食人的恶兽，在不停地吞噬美丽。

2. 当她因自己逐渐出现的皱纹而焦虑时，就想象自己十五年以后的样子，那样比较下来的结论是现在的自己多么青春。她把这个想法当作"反向拉皮"。("那等你到了 90 岁时怎么办呢?"面对她母亲的问题,吉娜的回答是:"到了那时我会因自己还活着高兴不已。")

3. 记住贝蒂直到生命的最后一刻依然认为人生就是一次探险:她永远不惧新的挑战、与陌生人交谈、阅读新书。(吉娜给她的电子书阅读器让她喜出望外,因为它能放大下载书籍的字体,让她轻易就拥有了一座图书馆,不再受日渐下降的视力困扰。)

虽然有些时候她的生活非常艰辛,一生中也经历过各种焦虑和挫折,但贝蒂乐于生活,并有意作出各种抉择顺应生活。她向吉娜显示变老可以意味着享受因此带来的新增资源和生活质量,而不是资源的萎缩和质量的下降。吉娜也逐渐意识到变老是一种特权,与其害怕,她更应期待。(期待变老——多么好的标语!)总而言之,她开始理解变老是一段旅程,而不是危机。

现在是变老的最好年代。在本书前面几页里列举了那么多憎老症、偏见和歧视之后,这个讲法或许听起来比较奇怪。但与历史上任何时期相比，现在是最能够向这些歧视和抗拒老年发出反抗之声的年代，我们可以寻求更多的人——那些珍视老年的人，加入这正不断壮大的接受老年的运动中来。

不可否认，改变现代社会中那些让变老变得更为艰难的事情需要社会和政治家们的共同努力，但各方面的宣传和呼吁风起云涌：从持续性教育到提供更多的公共厕所，还有更多的需要开始或加强，例如对护理人员的支持、培训和加薪。或者加强老年人参与各种活动的权利：与年轻人一样，老年人也需要抚慰和被抚慰，也需要品尝美食，也需要放松、锻炼和舞蹈。

或许，我们应该重新开始凯瑟琳·伊津在20世纪80年代开始的年龄意识培训课程。该课程让人们能够"拥有"自己的年龄，在一个给人以安全感的小组中讨论自己所在年龄给自己带来的好处、自己对变老的恐惧感和对未来变老后自己的希望。

总而言之，我们需要提醒自己变老是个贯穿一生的过程，不只是发生在生命的最后阶段：我们在早先种下的种子决定了我们后来的收获。玛丽·凯

/ 阿里·温斯坦利拍摄的一张照片：当我们变老时，活力可以更强，而非更弱。（老当益壮）

结 论

瑟琳·贝特森觉得现在"我们活得更长但想得更短",所以我们需要调整自己的思想,既包括个人的层面,也包括整体的层面:在活得更长的同时想得更长。这个进程充满挫折,我们会觉得与本书所倡导的全面、自由并创造性地变老所面对的阻力过于强大。但种族隔离和柏林墙也曾经被视为将永久存在,却终会垮掉。最终,我们或许也会将年龄主义和拒绝变老看成长久延续但终被抛弃的历史陈迹。诀窍就是假想这一天已经到来,在这种心态中过我们自己的生活。

本书恳请你尝试重新认识自己的变老过程并与之亲密共存。本书甚至愿意大胆建议您不要害怕或拒绝变老,而是拥抱欢迎变老。本书试图说明我们变老后会更具生机而不是活力减少。但到达这种境界需要我们在心理上付出努力:我们需要给衰老甚至死亡以存在空间,而非试图变戏法让它们消失。承认死亡给我们以一种全局感:它告诉我们只有有限次的呼吸,它让我们自问"当自己到达生命终点时会如何看待自己做了/没做这件事"。

我们还必须站在自己一生的跨度上,而不是在心理上略去那些我们害怕的年纪,以疯狂的"现在主义"方式思考。相反，只有通过接受生命有限、培养勇气以面对最终无法避免的消逝这一最终结局，我们才能获得最大的活力和最大程度地享受现在的能力。

如何变老？我们随着变老变得越来越不同，我们在不同的年龄上都能丰富多彩。例如老年妇女网络亨氏互助的成员马克西恩注意到：

> 有些人在我说自己老了时显得很尴尬。他们迅速安慰说我其实真的不老，好像老年是一种严重的残疾或他们竭力要避免的疾病一样……但我63岁，在我生命里第一次觉得这个年纪很适合当时的自己，或者我适合这个年纪。以前并不总是这样。

适合自己的年纪是一个美妙的概念，是真正成熟的标志。马克西恩通过自己的体验，而非通过别人对这个年纪应该如何如何的偏见来感受自己的年纪。能够以这种方式谈论自己的年纪并活在其中并不常见。

显然没有一个方子能教你如何"很好地变老"。

("很好地变老"本身就是一个双刃剑的概念,因为随它而来的是那种可能"糟糕地变老"的警示,什么算是"糟糕地变老"呢?死去?)但这并不妨碍许多人试图解释"很好地变老"意味着什么。

对小说家伊迪丝·华顿来说,"很好地变老"意味着"不害怕变化,在智力上有不被满足的好奇心,对大事有兴趣,对小事易满足。"

大提琴家帕布罗·卡萨尔斯在回答他学生问他为什么 91 岁高龄依然练习时说:"因为我有进步。"

弗洛丽达·司哥特-麦克斯韦尔有着典型的牢固信念:"我想告诉那些正在变老、或许对此尚存惧意的人们,老年是一个大发现的时期。如果他们问——'发现什么?'我只能回答'我们只能自己去寻找,不然就不能叫发现了'。"

如何变老?你已经读到了这本用作自我帮助的小书的最后几页,它所要告诉你的一切就是你需要自己找到答案⋯⋯

好吧:对于"很好地变老"的最佳途径就是"很好地生活"。

当禅师临终时,他的学生们寻遍了东京所有的糕点店,寻找他最喜欢的糕点。虽然身体已经很虚弱,禅师还是快乐地大口吃着糕点。当他力气耗尽时,追随者凑近去问他还有什么临终教诲。"有的",他吐出了最后一口气,"糕点很可口。"

愿我们的糕点一样可口。

作　业

引言

　　西蒙·德·波伏娃的杰作《老年》(1977年)在其刚出版时就因其描绘的老年人凄惨图景而饱受批评,但书中充满了对细节的极致描写和作者一贯的洞察力。就算是仅为我们提供了无比精辟的说法"文化老龄",玛格丽特·摩根罗斯·古力特的同名著作(2004年)也值得一读,更别提它旁征博引,深思熟虑,是一部对老年研究的开创性著作。

1. 什么是变老

　　以下作品让我们品味作者所描写激励人心的自己变老的个人经历:梅·萨滕的《70岁》,麦琪·库恩的自传《不遗余力》,青春永驻的弗洛丽达·司哥特-麦克斯韦尔的《我的寿数》,及亨氏互助的《屈辱地变老》。本书不少例证取自上述书籍。黛安娜·阿西尔的《走向终结》以可敬的冷静态度观察变老过程。

2．害怕变老

克里斯托弗·菲利普森的《老去》(2013年)和费尔·穆兰的《假想的定时炸弹：为什么老年人口不构成社会问题》(2002年)，反驳了那些疾病缠身需要照顾的老人们形成的"银发海啸"即将到来论调。迈克·菲舍斯通和安德鲁·沃尼克编著的《老龄众相：晚年的文化代表》(1995年)也提供了很多生动的短文。

一整代英国专注老年研究的社会学家和文化学家为分析第四世代构建了整个语言体系：保尔-希格斯和比尔·拜瑟韦的著作都很有意义。

也可以去 www.yoisthisageist.com 网站看看，你可以在那里记录你看到或听到的关于年龄主义的实例：这是阿什顿·爱普怀特开辟的名为"This Chair Rocks"的博客的一个组成部分。比利·怀尔德的电影《日落大道》(1950年)里有葛洛丽亚·斯旺森无与伦比的表演，其中最出名的台词莫过于"我依然很大——只是画面变小了"。

3．拥抱变老

乔治·E. 范伦特的《顺利变老》（2003年）里都是人们如何摆脱或转化自己早年经历的真实故事。扎尔曼·沙特·萨罗米的《从老者到智者》（1998年）如其书名所暗含的那样贴近时代，而且同样催人向上：我在结论中所说的禅师故事就来自本书。Worsthorne 的引文则来自约翰·柏宁罕的人类学杰作《生命的时光》（2003年）。法国心理治疗师玛莉亚·翁泽对于在老年如何保持活力的热烈反思来自她的畅销书《内心的温暖能防止你身体生锈》（2012年），虽然她自己最后进入了平静安宁的状态。在《变老：一段自我发现的旅程》（2009年）一书中心理分析学家丹涅利·奎诺多斯以感人的方式讲述了她那些年老的病人如何成功修复了自己早年所受伤痛的故事。

4．年龄之间

托马斯·科尔的《生命旅程》（1992年）和大卫·哈基德·费舍尔的《在美国变老》（1978年）中有很多关于变老问题历史性的有趣记载。派特·赛恩所编辑的《老年时代的漫长历史》（2005年）涉猎颇广，而且插图精美，理查德·桑内特以其《新资本主义文化》（2007年）给我们带来无可替代的深刻影响。

贝蒂·弗里丹在《年龄之泉》（1993年）中提出了美国年龄隔离的尖锐观点。缪丽尔·斯帕克的小说《记住你终有一死》（2010年）对养老院中女性老年病房的描述把所有病人都称为老奶奶，无论她们实际情况如何，比任何其他描述都更有效地表达出老年的形象，而西塞罗的《论老年》（1989年）至今看来依然雄辩深刻。

5. 变老与性别

先读苏珊·桑塔格开创性的论文《变老的双重标准》（1972年9月23日），接着读茱莉亚·推格的《时尚与年龄》（2013年）。艾丽莎·梅拉麦德的前瞻性著作《镜子，镜子：青春不再的恐惧》（1983年）中满是作者对于老年妇女的洞见。还可以在网站 **www.newdynamics.group.shef.ac.uk/petition.html** 和 **www.growinggolddisgracefully.org.uk** 浏览《反对年龄主义的新篇章》和《媒体中的性别主义》。这两个博客网站大概是英国关于老年女性讨论的最早博客。

6. 关于死亡的短章

还是缪丽尔·斯帕克,以及迈克尔·哈内克的电影《爱》(2012年)。

7. 生命的拱门

亨利·纽曼和华尔特·加夫尼的小书《变老:生命的成就》(1986年)不用一小时就能读完——一半篇幅是照片——但其反映出人性的光辉将在很长时间里照耀你的人生(你甚至不用成为他们的信徒,就能感受到这一切。)。

图片鸣谢

本书使用了下列机构或人士的相关图片，作者和出版社谨此致谢：

第 7 页　古根海姆博物馆 © 亚当·伊斯特兰 / 盖蒂图像。
第 13 页　麦琪·库恩，1981 年 © 米基·阿代尔 / 盖蒂图像。
第 22 页　布拉德·皮特在电影《返老还童》中剧照，2008 年 © REX / 拍摄剧照。
第 25 页　做沙拉，1955 年 © FPG / 赫尔顿档案 / 盖蒂图像。
第 36 页　儿童选美 © 埃文·赫德 / 西格玛图片社 / 科比斯图片社。
第 43 页　绣画 © 乔吉·梅多斯。
第 44 页　葛洛莉娅·斯旺森在电影《日落大道》中剧照 © J.R. 艾尔曼 / 时间与生活 / 盖蒂图像。
第 47 页　艺术家母亲的肖像，1514 年（炭笔纸上素描），阿尔布莱特·丢勒（1471-1528 年）© 世纪柏林国家博物馆，德国柏林 / 吉罗东 / 布里吉曼艺术图书馆。
第 72 页　巴德·库特与鲁丝·戈登在戏剧《哈洛与慕德》中的剧照，1971 年 © 拍摄剧照 / REX。
第 79 页　《我还在学习》（炭笔纸上素描），戈雅（1746-1828 年）© 西班牙马德里普拉多 / 布里吉曼艺术图书馆。
第 85 页　戴羽毛围巾的老年妇女 © 科本·奥斯特鲁夫 / 盖蒂图像。
第 98 页　威廉·汉斯兰德肖像，1750 年（帆布油画），乔治·艾尔索普 © 英国伦敦切尔西皇家医院 / 布里吉曼艺术图书馆。
第 103 页　1977 年的玛戈特·司麦丽 © REX / 彼得·阿克赫斯特 / 英国联合报业集团。
第 105 页　安妮·班克罗夫特和默里·汉密尔顿在电影《毕业生》（1967 年）中剧照 © 埃弗雷特收藏 / REX。
第 122 页　Maitri House，美国马里兰州一个代际混居社区 © 凯瑟琳·弗雷 /《华盛顿邮报》/ 盖蒂图像。

图片鸣谢

第 130 页　年轻女子和一位老年妇女的双手 © G. 巴登 / 科比斯图片社。

第 137 页　保罗·纽曼 © DMI / 时间与生活 / 盖蒂图像。

第 157 页　缪丽尔·斯帕克在工作，1960 年 ©《旗帜晚报》/ 赫尔顿档案 / 盖蒂图像。

第 184 页　南希 © 阿里·温斯坦利。

附录：
中英文名称对照

人名

爱德华·蒙克	Edvard Munch
米克·贾格尔	Mick Jagger
乔治·迈利	George Melly
伍迪·艾伦	Woody Allen
温斯顿·丘吉尔	Winston Churchill
弗兰克·劳埃德·赖特	Frank Lloyd Wright
唐纳德·温尼科特	Donald Winnicott
梅·萨滕	May Sarton
玛格丽特·摩根罗斯·古力特	Margaret Morganroth Gullette
拉比扎尔曼·沙特-萨罗米	Zalman Schachter-Shalomi
歌德	Goethe
西蒙娜·德·波伏娃	Simone de Beauvoir
格劳瑞亚·斯坦纳姆	Gloria Steinem
麦琪·库恩	Maggie Kuhn
汤姆·汉克斯	Tom Hanks
乔治·伯恩斯	George Burns
司各特·菲茨杰拉德	Scott Fitzgerald
布拉德·皮特	Brad Pitt
邦葛罗斯	Pangloss
费尔·穆兰	Phil Mullan
安东尼·特罗洛普	Anthony Trollope
诺拉·霍尔特	Norah Hoult
克莱尔·邓普	Clare Temple
伊丽莎白·泰勒	Elizabeth Taylor

附录：
中英文名称对照

葛洛丽亚·斯旺森	Gloria Swanson
诺玛·德斯蒙	Norma Desmond
伦勃朗	Rembrandt
阿尔布莱特·丢勒	Albrecht Dürer
卢西恩·佛洛伊德	Lucian Freud
迈克·费瑟斯通	Mike Featherstone
诺拉·依弗朗	Nora Ephron
艾丽莎·梅拉麦德	Elissa Melamed
珍妮·豪凯	Jenny Hockey
艾莉森·詹姆士	Allison James
杰奎	Jaques
保罗·麦卡特尼	Paul McCartney
大卫·霍克尼	David Hockney
奥普拉·温弗瑞	Oprah Winfrey
希拉里·克林顿	Hillary Clinton
玛娅·安杰洛	Maya Angelou
彼得·拉斯莱特	Peter Laslett
迈克尔·哈内克	Michael Haneke
道林·格雷	Dorian Grays
史蒂夫·马丁	Steve Martin
奥布雷·德·格雷	Aubrey de Grey
莎拉·马修	Sarah Matthews
艾伦·兰格	Ellen Langer
贝卡·莱维	Becca Levy
莎朗·奥兹	Sharon Olds
彼得·汤申德	Pete Townshend
基恩·科亨	Gene Cohen
佩里格兰·瓦松	Peregrine Worsthorne
安德烈·纪德	André Gide
西塞罗	Cicero
哈尔·阿什贝	Hal Ashby
布莱希特	Brecht
弗洛丽达·司哥特-麦克斯韦尔	Florida Scott-Maxwell
卡尔·荣格	Carl Jung
爱利克·埃里克森	Erik Erikson
玛莉亚·翁泽	Marie de Hennezel

乔治·巴佐基斯	George Bartzokis
芭芭拉·斯图拉赫	Barbara Strauch
戈雅	Goya
威尔第	Verdi
索福克勒斯	Sophocles
毕加索	Picasso
埃里奥特·杰奎斯	Elliot Jacques
爱德华·萨义德	Edward Said
巴赫	Bach
贝多芬	Beethoven
易卜生	Ibsen
提姆·迪	Tim Dee
奥利弗·丹	Olive Dehn
梅·萨藤	May Sarton
珍妮·约瑟夫	Jenny Joseph
黑泽明	Akira Kurosawa
丹尼士·希利	Denis Healey
娜塔莉·贝伊	Nathalie Baye
丹涅利·奎诺多斯	Danielle Quinodoz
W. H. 奥登	W. H. Auden
黛安娜·阿西尔	Diana Athill
大卫·哈基德·费舍尔	David Hackett Fischer
但丁	Dante
托马斯·科尔	Thomas Cole
阿兰·沃克	Alan Walker
唐纳德·考吉尔	Donald Cowgill
洛威尔·福尔摩斯	Lowell Holmes
凯瑟琳·怀特霍恩	Katharine Whitehorn
茱莉亚·推各	Julia Twigg
迈克·尼科尔斯	Mike Nichols
安妮·班克罗夫特	Anne Bancroft
理查德·桑内特	Richard Sennett
约翰·德拉孟德	John Drummond
小津安二郎	Yasujiro Ozu
克里斯托弗·布克利	Christopher Buckley
特罗洛普	Trollope

附录：
中英文名称对照

中文	英文
大卫·威列茨	David Willetts
克罗定·阿夏斯-东弗	Claudine Attias-Donfut
萨拉·阿博	Sara Arber
贝蒂·弗里丹	Betty Friedan
比尔·拜瑟威	Bill Bytheway
凯瑟琳·伍德华德	Kathleen Woodward
迈克尔·扬	Michael Young
黛安娜·阿西尔	Diana Athill
苏珊·桑塔格	Susan Sontag
雪儿	Cher
费·唐纳薇	Faye Dunaway
斯嘉丽·约翰逊	Scarlett Johansson
夏瑞丝·本贝克	Charice Pempengco
奥黛丽·赫本	Audrey Helpburn
玛格丽特·洛克	Margaret Lock
帕特丽夏·科弗特	Patricia Kaufert
戈登·拉姆齐	Gordon Ramsay
蒂娜·特纳	Tina Turner
玛丽·伯德	Mary Beard
维多利亚·贝克汉姆	Victoria Beckham
米利亚姆·奥莱利	Miriam O'Reilly
茱丽叶特·斯蒂文森	Juliet Stevenson
莱丝利·曼维尔	Lesley Manville
杰玛·琼斯	Gemma Jones
玛莉亚·翁泽	Marie de Hennezel
斯宾诺莎	Spinoza
史蔓德	Samantha
金·凯特罗尔	Kim Cattrall
阿加莎·克里斯蒂	Agatha Christie
简·加斯卡	Jane Juska
黛安娜·阿西尔	Diana Athill
缪丽尔·斯帕克	Muriel Spark
凯特琳·多尔泰	Caitlin Doughty
汤姆·泰霍姆	Tom Tagholm
奥斯卡·王尔德	Oscar Wilde
玛丽·凯瑟琳·贝特森	Mary Catherine Bateson

阿里·温斯坦利	Ali Winstanley
贝纳多·贝托鲁奇	Bernardo Bertolucci
弗洛丽达·司哥特-麦克斯韦尔	Florida Scott-Maxwell
格劳乔·马克思	Groucho Marx
凯瑟琳·伊津	Catherine Itzin
伊迪丝·华顿	Edith Wharton
帕布罗·卡萨尔斯	Pablo Casals
弗洛丽达·司哥特-麦克斯韦尔	Florida Scott-Maxwell
阿什顿·爱普怀特	Ashton Applewhite
比尔·拜瑟韦	Bill Bythway
乔治·E. 范伦特	George E. Vaillant
扎尔曼·沙特·萨罗米	Zalman Schachter-Shalomi
丹涅利·奎诺多斯	Danielle Quinodoz
托马斯·科尔	Thomas Cole
大卫·哈基德·费舍尔	David Hackett Fischer
派特·赛恩	Pat Thane
理查德·桑内特	Richard Sennett
贝蒂·弗里丹	Betty Friedan
缪丽尔·斯帕克	Muriel Spark
茱莉亚·推格	Julia Twigg
艾丽莎·梅拉麦德	Elissa Melamed
亨利·纽曼	Henri Neuwen
华尔特·加夫尼	Walter Gaffney
亚当·伊斯特兰	Adam Eastland
米基·阿代尔	Mickey Adair
埃文·赫德	Evan Hurd
乔吉·梅多斯	Georgie Meadows
J.R. 艾尔曼	J.R. Eyerman
彼得·阿克赫斯特	Peter Akehurst
凯瑟琳·弗雷	Katherine Frey
G. 巴登	G. Baden

地名

| 萨默塞特 | Somerset |

附录：
中英文名称对照

著作、文章、电影等

《呐喊》	The Scream
《诙谐及其与无意识的关系》	Jokes and Their Relation to the Unconscious
《70岁》	At Seventy
《奥德赛》	Odyssey
《飞越未来》	Big
《重返18》	18 Again!
《返老还童》	The Curious Case of Benjamin Button
《老实人》	Candide
《日落大道》	Sunset Boulevard
《假想的定时炸弹》	The Imaginary Time Bomb
《固定期》	The Fixed Period
《无窗之处》	There Were No Windows
《老人院的帕妃女士》	Mrs Palfry at the Claremont
《我可怜我的头颈》	I Feel Bad About My Neck
《镜子，镜子：青春不再的恐惧》	Mirror, Mirror: The Terror of Not Being Young
《皆大欢喜》	As You Like It
《生命的全新地图》	A Fresh Map of Life
《爱》	Amour
《包芬格计划》	Bowfinger
《结束变老》	Ending Aging
《变老》	The Older
《论老年》	De Senectute
《哈洛与慕德》	Harold and Maude
《看着不像的老太太》	The Unseemly Old Lady
《我的寿数》	The Measure of My Days
《成年大脑的秘密生活》	The Secret Life of the Grown-up Brain
《物种起源》	On the Origin of Species
《纯粹理性批判》	Critique of Pure Reason
《战争的灾难》	The Disasters of War
《奥泰罗》	Otello
《法尔斯塔夫》	Falstaff
《俄狄浦斯王》	Oedipus Rex
《俄狄浦斯在科罗诺斯》	Oedipus at Colonus
《死亡与中年危机》	"Death and the midlife crisis"

《飞行天空》	The Running Sky
《警告》	Warning
《生之欲》	Ikiru
《父母世界》	Parents
《毕业生》	The Graduate
《东京物语》	Toyko Story
《焰火日》	Boomsday
《固定期》	Fixed Period
《拮据》	The Pinch
《代际冲突的迷思》	The Myth of Generational Conflict
《永远年轻》	Forever Young
《欢乐合唱团》	Glee
《乡村故事》	Countryfile
《真正的美人》	Real Beauty
《欲望都市》	Sex and the City
《记住你终有一死》	Memento Mori
《道连·格雷的画像》	The Picture of Dorian Gray
《我的寿数》	The Measure of My Days
《航向拜占庭》	Sailing to Byzantium
《老年》	Old Age
《屈辱地变老》	Growing Old Disgracefully
《走向终结》	Somewhere Towards The End
《假想的定时炸弹：为什么老年人口不构成社会问题》	The Imaginary Time Bomb: Why an Ageing Population is Not a Social Problem
《老龄众相：晚年的文化代表》	Images of Aging: Cultural Representations of Later Life
《顺利变老》	Aging Well
《从老者到智者》	From Age-ing to Sage-ing
《生命的时光》	The Time of Your Life
《内心的温暖能防止你身体生锈》	The Warmth of the Heart Prevents Your Body From Rusting
《变老：一段自我发现的旅程》	Growing Old: a Journey of Self-discovery
《生命旅程》	The Journey of Life
《在美国变老》	Growing Old in America
《老年时代的漫长历史》	The Long History of Old Age
《新资本主义文化》	The Culture of the New Capitalism

附录：
中英文名称对照

《年龄之泉》	*The Fountain of Age*
《记住你终有一死》	*Memento Mori*
《变老的双重标准》	"The double standard of aging"
《时尚与年龄》	*Fashion and Age*
《镜子，镜子：青春不再的恐惧》	*Mirror, Mirror: The Terror of Not Being Young*
《变老：生命的成就》	*Aging: The Fulfillment of Life*
《反对年龄主义的新篇章》	"New Charter Against Ageism"
《媒体中的性别主义》	"Sexism in the Media"

Notes